# GOD EATER
ゴッドイーター

## 禁忌を破る者

ゆうき りん
rin yuuki

ストーリー原作/株式会社バンダイナムコゲームス

ギース・クリムゾン 17歳
禁忌アラガミを専門に狩る《アーサソール》の新型神機使い。
使用神機は《神蝕剣タキリ》、《神蝕銃タキツ》、《神蝕甲イチキシ》で構成されている。
性格は陽気で前向き。アラガミとの戦闘を楽しむ余裕を常に持つ。誰に対しても遠慮がなく、自分ができることは他人もできるはず、と思い込んでいる。なので つい無遠慮な物言いをしてしまい、いらぬ諍いを巻き起こすことも。

## マルグリット・クラヴェリ 16歳

禁忌アラガミを専門に狩る《アーサソール》の整備士。過去にギースと共に試作の《新型神機》との適合候補に選出されたが、まだ適合する神機が見つかっておらず、整備士として部隊に参加している。バレットの調合も得意。

性格は、優しく献身的。戦う以外は社会不適合者といっていいギースの身の回りの面倒全般を見ている。ギース、ヴィネとは幼馴染で、いつも3人一緒だった。

## ヴェネ・レフィカル　21歳

禁忌アラガミを専門に狩る《アーサソール》の隊長。ギースたちに先行して新型ゴッドイーターとして働いていたが、《スサノオ》に神機を喰われ、現在は『引退』。３人だけの小隊の管理と拠点である大型装甲指揮車《グレイヴ》の運転、本部との連絡役を担当している。

性格は冷静沈着。ギースとマルグリットには常に保護者のように振舞う。《神機》は使えないが、体術ではギースを凌駕する。

## イクス 30歳

本部から《アーサソール》に偏食因子アンプルを定期的に運んでくると共に、神機のオーバーホールも行う。装甲指揮車の引くカーゴは、イクスしか入れない。性格は皮肉屋。ギースをモルモットとしてしか見ておらず、常に人を小馬鹿にしているような笑みを浮かべている。しかし格闘術はヴェネを凌ぐ。

# 第一種接触禁忌アラガミ

## スサノオ

神機を好んで捕喰することから《ゴッドイーターキラー》の異名を持つ。

## アマテラス

太陽の神の名を持ち、
巨大な躯体を誇るアラガミ。

## ツクヨミ

月の神の名を持つ、
まるで巨大な人間のようなアラガミ。

# GOD EATER

CONTENTS

# ゴッドイーター

## 禁忌を破る者

ストーリー原作 株式会社バンダイナムコゲームス
ゆうき りん

ファミ通文庫

イラスト　曽我部修司

# フェンリル極東支部メンバー

## 雨宮リンドウ 26歳

第一部隊リーダー。隊員に軽口ばかり叩いているが、その実力は極東支部でもトップクラス。支部長の下で"特務"をこなしつつ、彼の陰謀を探ろうとしている。

## ヨハネス・フォン・シックザール 45歳

支部長。フェンリル創設メンバーのひとりで、アラガミ技術開発の第一人者。アラガミから完全隔離された世界を目指す《エイジス計画》を提唱。とっている……。

## 藤木コウタ 15歳

新人ゴッドイーター。明るい性格で部隊のムードメーカー。

## ペイラー・榊 47歳

神機の開発統括責任者。フェンリル創設メンバーのひとりで、支部長とは古くからの友人である。

**アリサ・イリーニチナ・アミエーラ** 15歳

ロシア支部から赴任してきた新型神機使い。プライドが高いが、精神的には不安定な部分を持つ。

**ソーマ・シックザール** 18歳

類稀なる超人的な身体能力を持つ、若いが古参の神機使い。人と関わることを嫌っている。

**楠リッカ** 18歳

神機整備班に所属する整備士。技術者であった亡き父親の血を受け継ぎ、この若さながら5年のキャリアを誇る。

# 1

「よーし。着いたぞ」

赤黒く光る神機《じんき》を軽々と肩に担《かつ》ぎ、廃棄された街の一角の高台に立った雨宮《あまみや》リンドウは、緊張した面持《おもも》ちで目の前に並ぶ三人のゴッドイーターを見回した。

誰も彼も、表情が硬い。

まだ子供、と言っていい彼らから、不安と興奮が伝わってきて、リンドウは十年前の自分の初陣《ういじん》を思い出して苦笑した。

だが、あの頃と比べると、新米《しんまい》の年齢は下がりつつある。十六歳でゴッドイーターになった自分は、当時、珍しがられたものだが、今では十代など珍しくもない。

それだけ戦況は逼迫《ひっぱく》しつつあるということだった。

子供を戦場に引っ張り出さなくてはならない現状を思うと、リンドウはいつも、ビールをかっくらって誰かのベッドにもぐりこみたくなった。

だが、それではただの逃避だ。

無機、有機を問わず、あらゆるものを捕喰《ほしょく》する未知の細胞群と戦い、生き残る術《すべ》を後輩に伝える義務が自分にはある——リンドウはそう決めていた。

「さーて。今日はいよいよ実地の訓練だ。榊《さかき》博士の講義の内容は憶《おぼ》えているな?」

まだ子供、と言ってもいい少年たちは頷《うなず》いた。

「よーし、言ってみろ——おまえ」

リンドウは、長距離射撃用の神機『ファルコン』を抱くようにした少年を指した。

「俺たちは、なんのために戦う?」

「じ、人類のためです!」

声を裏返しながら、少年はそう答えた。

「アラガミから人々を救うのが、我々の使命ですっ!」

「そうだな」

大きな声は付近のアラガミ——オラクル細胞群体の総称——を呼び寄せる可能性があったが、リンドウは少年を咎《とが》めて意気に水を差すことはしなかった。

「俺たちゴッドイーターが優先的に貴重な配給品を回してもらえるのは、命をかけてアラガミと戦っているからだ。ただし——いいか? 命をかけるのと、命知らずは違う」

リンドウはひとりひとりの顔を睨《にら》むように見、拳《こぶし》を突き出した。

少年たちは、ごくりと唾《つば》を飲み込む。

「いいか? 俺の命令は三つだ」

リンドウは指を立てた。

「——死ぬな」

もう一本、立てて見せる。

「——死にそうになったら逃げろ」

さらにもう一本。

「――で、隠れろ」

少年たちの顔に、不満の色がありありと浮かんだ。

「なんだ？」

近接攻撃用の神機であるナイフを下げた少年が、握る手に力をこめ、

「に、逃げてばっかりじゃないですか！」

と言った。

「そうか？　まあ、余裕があったら、連中をぶっ飛ばしてやれ」

なんていい加減な、と言いたげな表情を、少年たちはありありと浮かべた。

また失望させちまったか、とリンドウは唸《うな》った。

（どうも俺は口下手《くちべた》でいかんな……）

生き延びて経験を積むことは大切であるということを伝えたいのだが、うまく伝えることができずに、ああした言い方になってしまう。

世間からは特権階級のように思われているゴッドイーターだが、生きて任期を務め上げることのできる人間は少ない。

リンドウ自身、まだ二十六歳であったが、自分よりも年が上の現役のゴッドイーターは自身が所属するフェンリル極東支部――通称アナグラにはいなかった。

皆、死んだのだ。

貴重品である神機とそれを制御《せいぎょ》する腕輪は、ゴッドイーターよりも優先して回収され、新人に引き継がれていく。

人間は消耗品になりつつあり、それでは決してこの戦いに勝つことはできない――そう言いたいのだが、そのままそう言えばいいのだろうが、どうしても口にすると先刻のような言い方になってしまう。

それがもどかしく、リンドウはため息をついた。

「……まあ、とにかく生き延びろ。新米のおまえらに、俺が――アナグラが望むのはそれだけだ。いいな？」

はい、と言った声に、納得した様子はなかった。

彼らの気持ちはわからないでもない。

ゴッドイーターは選ばれた人間だ。アラガミを破壊できる唯一の武器である神機は、誰もが使えるわけではない。適合する神機が見つからなければ、望んでもゴッドイーターにはなれないのだ。

それゆえに、選ばれた人間との思いが、周囲の期待や羨望《せんぼう》が、新人を昂《たか》ぶらせる。不安を押し殺そうと、彼らは余計に昂ぶる。

そのせいで、初陣で死亡するゴッドイーターは、少なくはなかった。

(榊博士なら、もっとうまいことといえるんだろうが……)

つくづく難しい、とリンドウは思ったが、自分の失望や不満を表に出さないくらいの芸当はできた。あとは行動で示すだけだった。いつものように。

「さーて。始めると――」

その時、腰の無線が震え、リンドウは眉《まゆ》を顰《ひそ》めた。

(なんだ？　こんな時に)

訝《いぶか》しみながら無線を外したリンドウは、ディスプレイに表示された回線ナンバーを見てさらに眉を顰めた。それはアナグラを統括するフェンリル極東支部長、ヨハネス・フォン・シックザールの秘匿《ひとく》回線だった。

リンドウは新米たちに背を向けると、無線を耳に当てた。

「……はい、雨宮」

『すまない、リンドウ君』

少しもすまながっていないその声は、確かにシックザールだった。

『予定が変わった。アーサソールの連中が、じきに到着する。新人をアナグラに帰して君は彼らを迎えてほしい』

(……早いな)

欧州にあるフェンリル本部から特務部隊が来る、という話は聞いていたが、まだ一週間は先のはずだった。

「了解、了解」

わざとおどけた様子でリンドウは答えた。通話の相手をシックザールと悟られないための措置である。通話を切り、新人たちを振り向いたリンドウは、本人は『屈託《くったく》のない』と思っている笑顔を向けた。

「あー。すまんが、実地演習は中止だ。デートの予定が早まっちまってな」

新人たちの顔に驚きと失望が浮かぶ。それはそうだろう。当たり前の反応だ。

だが、彼らが逆らうことはなかった。雨宮リンドウというのはこういういい加減なところのある男だ、ということを知っているからだ。

そう周知させたのはリンドウであり、シックザールでもあった。

「というわけで……おまえたちはアナグラに帰投！」

一人があからさまに舌を打ったが、新人たちはおとなしく踵《きびす》を返し、アラガミ装甲《そうこう》を貼《は》り付けた輸送装甲車へと乗り込んだ。

静穏《せいおん》エンジンを響《ひび》かせて去る装甲車を手を振って見送ると、リンドウはポケットから配給品の煙草《たばこ》を取り出して咥《くわ》え、マッチを擦って火をつけ、深々と紫煙《しえん》を吸い込んだ。

いまではすっかり貴重品となってしまった煙草を、愛《いと》しむように味わいながら、

（まったく、とんだデートだ）

と思いながら高台に座り、寒々とした廃墟《はいきょ》をみつめた。

欧州本部の特務部隊が、いったいどんな特務を負っているのか、リンドウは知らされていなかった。シックザールからは、極秘裏《ごくひり》に接触しアナグラへ迎えよ、との特務を受けただけだった。

(まあ、どうせろくでもないことなんだろうが――俺と同じで)

リンドウは、ふうっと紫煙を吐き出すと、今日はこのぐらいで残りは明日にとってお
くかと思い、ポケットから携帯灰皿を出した。

だが、その手は途中で止まった。

代わりにリンドウがつかんだのは、神機の柄《つか》だった。ぷっと吸いかけの煙草を吐き捨
て、そろりと立ち上がる。

次の瞬間――太陽が消えた。

否《いな》。崩れかけた廃墟の上に輝く太陽を、巨大な何かが遮《さえぎ》ったのだ。そして、丁度リン
ドウの真向かいの高台に、それは堕《お》ちた。

爆発に等しい砂煙《すなけむり》が舞い上がる。

(こんな時に!)

舌を打ち、リンドウは神機を構えた。

咆哮《ほうこう》が空気を震わせた直後、もうもうと立ち上がる砂煙を、巨大な鞭《むち》のようなものが

縦横《じゅうおう》に切り裂いた。

（あれは――ボルグ・カムランか？）

サソリに似た巨大なアラガミの姿が、リンドウの頭に浮かんだ。

ボルグ・カムランは、動く鋼鉄の城のような怪物だ。ハサミの代わりに、合わせると顔のように見える盾《たて》を持ち、巨大な剣のような尾を振り回す、恐ろしいアラガミである。

一人でも勝てない相手ではないが、やっかいではある。

（……いや、違う……？）

リンドウは神機を油断なく構えながら、目を眇《すが》めた。ボルグ・カムランにしては、影がでかい。背も高い。それに――

（あれは、こんな声を上げねえぞ！）

途端。

砂煙が吹き飛び、アラガミの姿が顕《あら》わになった。

それを目にした瞬間、リンドウは、一瞬、自分の体が硬直するのを感じた。

（冗談だろ……）

どっと汗が噴き出す。

――そのアラガミは、まさに神のように見えた。

堅固な漆黒《しっこく》の鎧《よろい》を纏《まと》い、鬼のような仮面をつけた巨人のごとき姿。帯電しているかのように白紫の髪は輝きながらなびき、鋭い牙《きば》の生《は》えた口からは紫煙が漏れている。

両手は捕喰形態の神機を思わせ、その巨大な口からは光が滴《したた》っていた。

巨体を支えるのは、漆黒の装甲に覆われた獣の四肢《しし》。

そして——その胴体からは長く、太く、見るからに強靭《きょうじん》な尾が伸びて、獲物を狙う蛇《へび》のように巨大な剣が揺らめいていた。

（こいつは、まさか——スサノオか!?）

凄《すさ》まじい咆哮が大気を震わせ、リンドウは歯を食いしばり、湧《わ》き上がる恐怖を噛《か》み殺した。

☆

「ねえ、ヴェネ。まだ？」

アラガミ装甲を贅沢《ぜいたく》に使用した大型の六輪装甲指揮車グレイヴの車内で、ギース・クリムゾンは運転席に向かって少し唇《くちびる》を尖《とが》らせた。

「全っ然、追いつかないじゃん。早くしないと、アナグラのやつらに狩られちゃうよ」

「それは——ないいな」

巧みにハンドルを操りながら、ヴェネ・レフィカルは平素と変わらない落ち着いた声で、十七になったばかりの四つ年下のゴッドイーターに、そう答えた。

この車で何日も、時には何週間も過ごすため、車内には日常生活品も揃《そろ》っていたが、それが棚の中で派手な踊りを繰り広げているのが音でわかる。

廃墟の中をフルスピードで走るグレイヴはそれくらい揺れていたが、ギースはどこにもつかまることなく、凪《なぎ》の船の上であるかのように平然と立って、首を傾《かし》げた。

「なんで？」

「なんでって……」

ヴェネは小さく嘆息《たんそく》した。

それを聞き、助手席に座ってしっかりとその体をシートベルトで固定したマルグリット・クラヴェリは振り返り、長いブロンドの髪を押さえて微笑《ほほえ》んだ。

「ギースってば……また忘れちゃったの？　スサノオは第一種禁忌アラガミでしょ？　ギースみたいに、ニーベルング・リングをつけていなかったら危険だから、一般のゴッドイーターは本部から接触を禁じられてるの忘れちゃった？　だからもし先にアナグラの人たちがスサノオを見つけても、手出しはしないわ」

「あ、そっか」

そういえばそんな話を前にも聞いたことがある、とギースはぼんやりと思い出した。

禁忌種の偏食場《へんしょくば》は普通のアラガミよりも何倍も強いとか何とか。一般の神機使いは攻撃をする前にその偏食場の影響を受けておかしくなるから、接近を禁じられている、だったか。

どうもその手の難しい話は、子供の頃から苦手だった。年上のヴェネはともかく、ひとつ年下のマルグリットにも度々《たびたび》たしなめられるのだが、

（ま。要は勝てばいいんだ！）

と、あまり気にはしていなかった。

どのみち、その偏食場を中和することのできるニーベルング・リングを首に着けている自分には無関係の話だ。

相手の弱点とかならともかく、余計な知識は戦いには邪魔だった。あれこれ考えていては動きが鈍《にぶ》る。それに忘れてしまっても、こうして仲間が覚えていてくれる。そのことの方がずっと重要だった。

「反応が強くなってきた」

右に左に巧みにハンドルを操りながらヴェネは言い、後ろのカーゴとの有線通話器のスイッチを入れた。

「ドクター・イクス。そろそろだ」

『――わかっている』

カーゴと連結したチューブから鈍い音がして天井の扉が開き、揺れながら、鎖《くさり》に繋《つな》が

れた調整の済んだ神機が降りて来た。

禍々《まがまが》しい生物的なフォルムを持つこの可変する新型神機は、素材となったアラガミの姿を多く残している。神蝕剣《しんしょくけん》タキリ、神蝕銃タキツ、神蝕甲イチキシ。これから狩ることになる第一種禁忌アラガミ・スサノオから捕喰した素材から造られた、特別な神機だ。

ギースは腕輪を嵌《は》めた手で神機をつかんだ。一瞬、何かが体の中に侵入しようとしてくるかのような感覚に襲われ、歯を食いしばる。実際は、神機と体内のオラクル細胞が共振して一時的に活性化しただけなのだが、いつも、引っ張られるような感じがする。

「見えたぞ」

ヴェネの声に、ギースは神機を引っさげたまま、助手席の背もたれをつかんで身を乗り出した。

「ちょっ――ギース」

うろたえた声にマルグリットを見ると、おでこがつくほどすぐ近くにあった顔は、何《な》故《ぜ》か少し赤かった。

しかし、ギースがその理由について考えることはなく、

「やっぱ、スサノオだ！」

ただそう、嬉《うれ》しくて声を上げた。

巨大なサソリの下半身を持つ巨人のようなアラガミが、鞭のようにその巨大な尾を揺らしている。紫色の輝きを放つ髪が辺《あた》りの大気を焦《こ》がして嫌な臭《にお》いを振り撒《ま》いているのを、車の中にあって、ギースはありありと嗅《か》ぐことができた。

気持ちが昂ぶり、自然と笑みが浮かんだ。

アラガミの持つ偏食傾向を互いに伝え合う偏食場は一種のパルスのようなもので、その固有の波形《はけい》をとらえることで相手がどのアラガミかを高確率で特定できる、とイクスは言っている。

だが、ギースは自分の目で見て、確認して、初めて本気になれた。

「ヴェネ、早く止めてよ！　逃げられたらつまんないじゃん！」

「焦《あせ》るな。もっとそばに――」

だが、ヴェネはそこで言葉を切ると、長く白い髪をかき上げるようにした。

「なになに？」

ギースは身を乗り出そうとしたが、マルグリットに、

「こら！　運転の邪魔！」

と押し返されてしまった。

「んだよー……」

「危ないでしょ？」

ちぇ、とギースは呟《つぶや》き、口をへの字に曲げた。年下のくせに、マルグリットは何かと言うと自分を子供扱いする。それがギースはあまりおもしろくなかった。

だが、

「ゴッドイーターがいる」

深刻な声でヴェネが言ったその言葉に、ギースはそんなことはすぐに忘れた。

「ほんと？　逃げ遅れかな？」

「どうかな。にしては、随分と落ち着いている。仲間を逃がすためにわざと残ったのかもしれない」

「へえ！　勇気、あるんだなあ」

ギースは本気でそう言ったのだが、ヴェネは何故か苦笑した。マルグリットも、顔を顰《しか》めている。

「ギース……そんな風に、馬鹿にしたみたいな言い方はよくないよ？」

「は!?　馬鹿になんかしてないって！」

「だとしても、そう聞こえるような言い方は駄目」

「んなこと言ったたって……」

じゃあどうすればいいのか、ギースにはよくわからなかった。以前も、こんな風だったろうか？　わからなかったが、こんなには怒られなかったような気がする。

『――無駄話は、それぐらいにしろ』

スピーカーからカーゴにいるイクスの声がして、ギースは思わず背筋を伸ばした。何が、とははっきりとはいえないのだが、イクスにはそうした態度になってしまう。

とにかく苦手だった。

一緒に行動していても、四六時中、カーゴに閉じこもっていていてほとんど顔を見ることはなかったし、とにかく言動の端々《はしばし》に威圧的なところがあった。

ヴェネよりもずっと年は上だったが、アーサソールの隊長はヴェネなのだ。なのにイクスからは、彼に対する敬意がまったく感じられず、そうしたところも嫌だった。

『――あのゴッドイーターはアナグラからの出迎えだろう。スサノオと出会ってしまったのは想定外だったが、我々の実力を知らしめるのには丁度《ちょうど》いい』

「我々じゃなくて俺のだっての……」

ぶつぶつと言うと、マルグリットにたしなめられるように睨《にら》まれた。

『――あの男を回収し、速やかにスサノオを掃討《そうとう》したまえ』

「了解」

ヴェネは言い返すこともせず、スサノオを追い抜いて、赤い神機を構えたゴッドイーターとスサノオの間にグレイヴを滑り込ませ、停車した。大きく傾いた車体に、外にいるゴッドイーターの慌《あわ》てた声が聞こえたが、車体は倒れることなく、ゆっくりと戻り、鈍い音を響かせた。

「ギース、これ」

マルグリットがバレットを差し出す。それを受けとると、ギースは神機を変形させ、神蝕銃タキツへと装填《そうてん》した。

これは弾《たま》そのものではなく、神機のオラクル細胞をエネルギー弾へと変換するモジュールを組み込んだものだ。

「よし、行け」

ヴェネの声と同時に側面のドアが開く。ほとんど視界一杯に突進してくるスサノオの姿が映り込み、ギースは、

「ははっ！」

と笑って、車のドアの縁《ふち》を蹴《け》るようにして飛び出し、落下しながら神蝕銃タキツの引き金を絞った。

発射された赤色のレーザーがスサノオの仮面のような顔面を直撃する。爆発したような光が散り、ギースは素早く神蝕剣タキリへと神機を変形させた。

「――せーのっ！」

悲鳴のような咆哮を上げながらなおも迫るスサノオの横面《よこつら》を、剣の腹で張り飛ばす。

凄まじい衝撃に、掌《てのひら》が痺《しび》れた。

顔面を焼かれながらもなお突進してきたスサノオは、軌道を逸《そ》れ、廃墟となったビルの側面へ突っ込む。

崩れた瓦礫《がれき》がスサノオの上に落ちて、その巨体を埋《うず》めた。

着地し、ギースは笑みを浮かべながら、片手で神機を軽々と振り回した。

その剣は、スサノオの尾の先端部と酷似《こくじ》している。当然だった。神蝕剣タキリはスサノオが喰《く》らった神機と、その尾を材料としてできている。

「ヴェネ、下がって」

通信機にもなっている首のニーベルング・リングに向かってそう呟くと、わかった、とくぐもった声でヴェネは返し、グレイヴはバックしてあっという間に離れた。

反対側のドアを開けて、あのゴッドイーターを車内に引きずり込んだのか、そこにはもう誰もいなかった。

(よーし……これで、気兼ねなく戦える!)

たった一人でスサノオに立ち向かうことに、ギースはまったく恐怖を感じてはいなかった。これまでもそうだったし、これからもきっとそうだ。

マルグリットにもゴッドイーターとしての適正はあるが、まだ適合する神機は見つかっていない。

だが、それで別に不満も不足もなかった。

マルグリットの整備士としての腕は抜群《ばつぐん》で、加えてバレットの調合にも才能がある。あえて神機を手に、アラガミと戦うことなどなかったし、必要もなかった。

「おまえらなんか、俺一人で十分さ！」

その声に怒ったかのように、瓦礫が吹き飛び、スサノオの尾が蛇のように現れた。先端部の光球が、目玉のように明滅する。

コアだ。

群生体であるアラガミには、その形態を維持するための指令細胞群がある。正式名CNS——それをフェンリルではコアと呼んでいるが、ゴッドイーターには、新種のアラガミを討伐《とうばつ》した際にはそれを回収するという任務が必ず付帯していた。コアを研究することでその種のアラガミの弱点や偏食傾向が判明することも多く、その情報を元に、より強い神機を開発したり、アラガミから人々を守る物——例えばアラガミ装甲のような品が開発されるのだ。

スサノオが体を振るって立ち上がる。

吹き飛び、頭上に降ってきた瓦礫をギースは、その場を動かず、神蝕剣タキリの柄尻で弾き飛ばした。

「そうこなくっちゃな！」

ギースは神蝕剣タキリを横に構え、突進した。

捕喰形態の神機のような腕が突き出される。実際、その腕はギースを喰らおうとした。

それを紙一重《かみひとえ》でかわす。

ぎりぎりで回避が間に合ったわけではない。余計な動きを減らして、紙一重でかわすようにしているのだ。

頭をかがめると、巨大な両腕が交差した。

懐《ふところ》へ飛び込み、

「せーのっ！」

下から思い切り剣を振り上げる。神蝕剣タキリの切先《きっさき》はスサノオの股間《こかん》を捉《とら》え、鈍い音と共に鎧のような体表に亀裂《きれつ》を走らせた。

巨体が、その前肢が、ふわりと浮き上がる。

まだのけぞっている間に神機を銃形態に変形させ、亀裂に銃口を突っ込んで引き金を引く。体を中から焼かれて悲鳴が上がり、鎧の隙間《すきま》からレーザーが幾筋も飛び出した。

「おっと」

苦し紛れの腕の振りをやすやすと避《よ》けながら離れる。連続で繰り出される喰らいつきが髪を掠《かす》め、服を嘗《な》める。

ぞくぞくした。

一歩間違えば、神機ごと腕を持っていかれてしまう、そのスリルがたまらない。

離れながらバレットシリンダーを回転させる。

追撃が止《や》んだその瞬間にギースは爆発系の弾を、スサノオの腕の亀裂を狙って連射した。

着弾と同時に目も眩《くら》むような爆発が巻き起こり、硬い殻皮が弾《はじ》け飛ぶ。スサノオの咆哮はその音に掻《か》き消されて聞こえなくなった。

一度に発射できる分のオラクル細胞を使い切り、ギースは神機の銃口を上げた。銃身から焼けた臭いが漂う。

ずずん、と建物が崩れ落ちたかのような振動が伝わってきた。廃墟となったビルの間を吹きぬける風が、煙を吹き散らす。

辺りが晴れると、スサノオは前にのめるように倒れていた。

未練のように、尾だけは何とかその鎌首《かまくび》を持ち上げている。砂っぽい大地を嘗める顔は、半分が砕けていたが、元々が群体であるからなのか、傷口は人のそれのような生々しさは感じられなかった。

「♪」

ギースは鼻歌を歌いながらスサノオへ向かって走り寄りつつ、再び神機を剣形態へと変形させ、目の前で急停止した。

輝く眼孔《がんこう》と、目が合った。

だが、瞳《ひとみ》のないそこからは、何の感情も意思も感じなかった。

「いただきまーす」

ギースはふざけるように言って神機を構えた。ぐじゅ、と粘質《ねんしつ》な音を立ててメインユニットからオラクル細胞があふれ、異形《いぎょう》へと成長を始めた。

☆

（こいつらがアーサソールだな……）

突如として現れた装甲車に引きずり込まれたリンドウは、床《ゆか》に胡坐《あぐら》をかいて座ったまま、おとなしくしていた。

手は一応、神機の柄に置いていたが、危険は感じない。

助手席には、自分をその細腕で車内に引き込んだブロンドの少女、運転席には細身の若い男が座っていた。

ハンドルを握っているのは男で、その髪は老人のように真っ白だった。染めているようには見えないが、地毛という感じもしない。揺れにあわせてその髪が躍り、リンドウは、若者が両耳に金色の大きなリングピアスをつけているのがちらりと見えた。

ああしたものをつけているところを見ると、やはり若いのかもしれない。

しかし、大した運転技術だった。

装甲車は乱暴だが確実な運転で後退している。たった一人でアラガミと戦う少年の姿が見る間に遠くなったが、この廃墟の中を何かに乗り上げるでもない。

リンドウは感心しつつ辺りを見回した。

戦闘用の車輛《しゃりょう》のはずだが、およそ車の中は、らしくなかった。

まるで、普通の部屋のように見える。テーブルや椅子《いす》もある。その脚の全てが床に固定されているところだけが、普通の部屋とは異なっていた。シンクやコンロ、食器棚もあり、本棚まであった。端の個室はトイレだろうか。

その昔、トレーラーハウスというものがあったと聞くが、こんな感じなのかもしれない。

だが、車の後部は様子が違っていた。

生活感は消え、整備工場のようだった。こっちは見慣れている。神機を整備するための台や工具箱が固定されている。

天井に目をやれば、レールが走り、そこからはフックが下がっていた。レールは後ろの壁に消えていたが、この車はカーゴを引いていたから、そちらへ繋がっているのだろう。

十分に離れると装甲車は停車した。

教会の壁に開いた、丁度、装甲車がぎりぎり入ることのできる穴に、まったく触れることなく男は車を入れたようだった。

「……ここは禁煙かい？」

リンドウが煙草の箱を出して訊《き》くと、助手席の少女は振り返り、

「できたら遠慮してもらえると……」

と明るい青い目で言った。

「そりゃ残念」

箱をコートの内ポケットに戻し、リンドウは笑いかけた。すると少女は頬《ほお》を少し赤らめ、前を向いてしまった。

だがすぐにその顔が心配そうに曇るのを、リンドウは見逃さなかった。

「……加勢しなくていいのかい？」

今度は男がこちらを向いた。やはり若い。見ただけで正確な年齢がわかるわけではないが、二十《はたち》歳前後といったところだろうか。だが、表情と薄い茶色の瞳には、やけに老成したところがあった。

「あれと一人で戦《や》るのは、きついだろう？」

リンドウはフロントガラスの向こうを指した。

少し長めの赤銅色《しゃくどういろ》の髪を揺らし、見たことのない形の新型神機を、深い青い目をし

た少年らしいゴッドイーターが振るい、スサノオと戦っている。

黒いF式武装で上下をまとめていたが、ちらりと覗《のぞ》くシャツは正式採用品ではなく、カジュアルな雰囲気《ふんいき》がある。

いまのところ、優勢に戦いを進めていると見えたが、何があるかわからないのがアラガミとの戦いだ。だが――

「いいんだ」

青年は言った。

「ギースは一人で戦れる。それに、並みのゴッドイーターじゃ邪魔になる」

(並み、ね)

リンドウは苦笑した。

確かに、あのゴッドイーターはたいしたものではある。同じ新型でも、この前アナグラに配属された新人とは、年は変わらないと見えるのに、経験が雲泥《うんでい》の差だと思えた。動きはそれほど速いというわけではないが、いちいち適確で、無駄と隙がない。

「あなたはアナグラのゴッドイーター?」

「ああ、そうだ」

リンドウは立ち上がると運転席へ近づき、後ろから手を差し出したが、青年の躊躇《ためら》いを見て取り、苦笑した。

体内にオラクル細胞を取り込んでいるゴッドイーターに触れることを怖《おそ》れる人間は珍しくはない。腕輪と、そこから定期的に注入される偏食因子《へんしょくいんし》で侵食と活性化を制御していると説明をしたところで、偏見が消えるわけではない。

だが、この青年の躊躇いはそうしたものとは違う気がした。

「……失礼」

自分の態度に気がついたのか、青年はしっかりとリンドウの手を握った。その手首にはゴッドイーターである証《あかし》の腕輪があった。なるほど、とリンドウは青年の躊躇いの理由を見抜いた。

「――ヴェネも少し前まで、ゴッドイーターだったんですよ。それも新型の」

助手席の少女が言い、リンドウは振り向いた。

彼女の言葉が、青年の躊躇いの理由を言い当てていた。現役のゴッドイーターへの羨《せん》望《ぼう》、その未練に対しての自己嫌悪――そうしたものだろう。

明るい笑顔を浮かべて、少女が手を差し出していた。

「わたし、マルグリット・クラヴェリ」

リンドウは少女の手を握った。微《かす》かにオイルの臭《にお》いがする。

マルグリットと名乗った少女は、白のF正式下衣を自分でアレンジしたショートパンツに、刺激的な細いチューブトップという格好だった。胸の真ん中辺りは三角形に切り取ってあって胸の谷間が覗いている。

その上にフードつきのベストを羽織《はお》っていたが、そのフードはただの輪のようで、ヘッドフォンを内蔵しているのか、その黒い部分が、腰まであるブロンドに合わさると、まるで犬の耳のように見えた。

「よろしく。俺は、雨宮リンドウだ」

「どっちが名前ですか？」

マルグリットが小首を傾げ、リンドウ、と答える。

「ところで、君たちが本部から来たっていう特務部隊かな？」

マルグリットは青年――ヴェネを見、それから頷いた。アイコンタクトで、青年がOKを出したのだろう。リンドウは感心した。少年を一人で戦わせて慌てるでもなく、一言も口にせずに意思を伝え合う。よほど、互いを信頼しているようだ。

「では、あなたがアナグラからの出迎えか？」

目上の人間に対する口の聞き方はなっていないが、リンドウはそうしたことを気にする人間ではなかった。

「まあな」

と答えると、そうか、とヴェネは頷いた。

「僕は、ヴェネ・レフィカル。このアーサソールを任されている。彼女――の紹介は済んでいたな。マリーは整備担当だ。彼女には神機の他にも、このグレイヴの整備も任せている。そして、あそこで戦っているのが、アーサソールの唯一のゴッドイーター、ギース・クリムゾンだ」

「そりゃ、ご丁寧《ていねい》にどうも」

軽口《かるくち》を叩《たた》くと、ヴェネの表情は険《けわ》しくなった。

(まだまだ若いな)

誰から何を言われてもポーカーフェイスを貫いているリンドウから見れば、中々自分を律しているとは思うが、まだまだだった。

「それじゃあ、まあ」

リンドウは神機を肩に担いだ。

「おい待て」

ヴェネの声に微かに焦りが滲《にじ》む。

「何をするつもりだ?」

「何。ちょっと加勢をな」

「話を聞いていなかったのか? ギースは一人で大丈夫だ。あんたがどれだけのゴッドイーターかは知らないが、あいつの邪魔をしないでくれ」

「邪魔はしないさ」

「あ、おい！」

踵《きびす》を返《かえ》したリンドウを追うようにヴェネはシートを立った。が——

『——車から出ないでもらおうか』

天井のスピーカーから、くぐもった低い声がした。

「これは？」

リンドウは親指を立て、スピーカーを指した。

「……ドクター・イクスだ」

そう言ったヴェネの顔が微かに歪《ゆが》んだのを、リンドウは見逃さなかった。

「本部から随行しているアーサソールの監理官だ。医者でもある。後ろのカーゴにいる」

「こっちの話が聞こえてるのか？」

ヴェネは頷いた。

「一方的にな」

「そいつは不公平だな。ま、監理官なんてのは、どこでもそんなものかもしれんか」

『——お褒《ほ》め頂《いただ》き光栄だ』

「ははは、誉めてねーって」

リンドウは笑って言ったが、スピーカーからは何の反応もなかった。やはり軽口は通じないタイプのようだ。

「……で？　外に出るなってのは、なんでだ？」

『──君は、あれが何故、禁忌指定されているか知ってはいないのか？』

「さあね。だが、本部が禁忌指定にするくらいだから、よほどの曰《いわ》くつきなんだろ？」

『──指定種であることを知っているなら──』

「だからって、見ちまった以上、あれを放って置けるわけもないだろ？」

リンドウは肩を竦《すく》めた。

「俺もゴッドイーターなんだぜ？　なんであれアラガミを狩るのが俺の使命だ」

『──ギース・クリムゾンに任せておけばいい。あれは君が思っている以上のポテンシャルを持っている。レフィカル君の言う通り、君が出て行ってもあれの邪魔になるだけだ。彼は並みのゴッドイーターでは、といったがそれは間違いだ。どんなゴッドイーターでも、同じだ。それに──君は、あれの偏食場パルスを遮断する方法を持っていないだろう？　近づいただけで偏食因子やオラクル細胞が不安定化になるぞ』

(あれ、ね)

嫌な言い方をする、とリンドウはスピーカーの向こうの男にはっきりと嫌悪を抱《いだ》いた。

確かに、自分にはスサノオが発しているという強烈な偏食場パルスとやらの影響を防ぐ手段はないのかもしれない。が──

「じゃあ、彼はどうなんだ？　立派に戦っているが？」

スピーカーの向こうでくぐもった笑い声がした。癇《かん》に障《さわ》る。

『──あれにはもちろん装置をつけてある。偏食場パルスを相殺《そうさい》、中和するパルスを発生し続けるものだ。でなくては、第一種禁忌アラガミとゴッドイーターは戦えない。御覧の通りあれは新型ゴッドイーターだ。アナグラに配備された者を含めても、新型の適応者はまだ十名にも満たない、我々フェンリルにとっても貴重な人材だ。できうる限りの安全策は講じている。理解してもらえたかね』

「じゃあ、その装置の予備を貸してくれ」

『──無理だな。君の発している偏食場パルスとの調整には二週間はかかる』

にべもない答えだった。

（確かに筋は通っているが……）

リンドウは、どうもすっきりしなかった。だが、フェンリルの秘密主義は、今に始まったことではなかった。

「どっちみち、俺はもうそのパルスとやらの影響を受けてるんじゃないのか？」

『──それは心配ない。スサノオの発する偏食場パルスの効果範囲はわかっているし、この車はその外にある。もっとも、この車にもあれにつけた装置と同様の機能は備えているがね。任せておけばいい』

「……わかったよ」

リンドウは長く息をついた。

「任せよう。だが、彼が危なくなったら止めても無駄だぞ？　その時は、この装甲車をぶっ壊してでも助けに行く。いいな？」

『――そんなことにはならない』

「そう願うよ」

リンドウが神機をおろすと、マルグリットはほっとしたように息をついた。ヴェネはたいして興味がなさそうにフロントガラスを向き、リンドウもそれに倣《なら》った。

窓の外では、少年とスサノオとの戦いが、まだ続いていた。確かに、彼は少しもスサノオを怖れていないように見える。

だがそれは決していいことではなかった。過度の怖れは判断を鈍らせ、体を硬直させるが、まったく怖れを抱かなければ、油断と慢心が生まれる。

リンドウはいつでも飛び出せるように、神機の柄を確かめるように握った。

☆

「ははっ！」

ギースは体にいつもとは違う力が漲《みなぎ》るのを感じて、笑い声を立てた。

生きているアラガミから捕喰行為を行うと、神機に取り込まれたオラクル細胞が互いに影響を与え合い、腕輪を通じてゴッドイーターの体内のオラクル細胞が一時、活性化する。

それはゴッドイーター自身の身体能力を増強させ、常人離れした動きを可能にする。より戦いやすくなる、ということだ。それが嬉しくて、思わず笑ってしまった。

「よーし、満腹か？」

自分の神機に語りかけ、ギースは腕を引いた。猛獣の口のようだったオラクル細胞はメインユニットに素直に戻る。

と——

「お」

まだ倒れ伏したままの、半面が砕けたスサノオの残った目に、輝きが戻るのをギースは見た。途端、瓦礫を弾き飛ばし、スサノオは咆哮した。

同時に巨大な尾の、先端が二股《ふたまた》に分かれた剣のような穂が、降ってくる。

それをギースは体を捻《ひね》るだけで避けた。目の前を鈍く光る刃《やいば》が過ぎ、尾は地面に深く突き刺さった。目の前に、黄色く輝くコアがある。

だが、すべては一瞬。

巨大な尾はすぐに大地と共に引き抜かれ、その土が剝《は》がれ落ちる前に再び突き下ろされた。

ギースは後ろに跳ぶ。

一瞬前までいた場所に尾は突き刺さり、すぐにまた引き抜かれたかと思うと、ギースを貫こうと、スサノオは何度も同じ攻撃を繰り出してきた。

(んー……時間稼ぎだな)

やすやすと避けながら、ギースはそう看破《かんぱ》した。細胞を急速に分裂させ、欠損した箇《か》所《しょ》の修復を図っているのだ。大きく欠けた箇所を再生しようと思えば、侵食されている建造物などからオラクル細胞を取り込む必要があるが、そもそもが群体ゆえに、ある程度なら自己修復が可能だった。

(そうはさせない……よっ!)

ギースは神機を銃形態にフォームチェンジし、その場に踏みとどまった。好機、と見たか、刺し貫こうとスサノオは尾を突き下ろしてくる。その先端にギースは神蝕銃タキツの銃口を向け、引き金を引いた。

命中し、生成された爆発系バレットが尾を弾き飛ばす。だがスサノオは途中で尾の体勢を立て直し、再び突き下ろしてくる。

何度も——何度も。

ならば、全てを撃ち払うのみ。事実、その悉《ことごと》くを、ギースは撃ち払った。

そして、とうとう――

「よし！」

苦痛のような咆哮をあげ、スサノオの尾の先端が折れた。

破片が辺りに舞い、陽光に黒く、美しく輝く。

その中を、ギースはスサノオに向かって走った。走りつつ、神機を銃から剣へフォームチェンジする。神機が、喰らいたがっているのがわかる。飢えのようなものが伝わってきて、ギースは口の中に唾が湧くのを感じた。

傷ついたスサノオは、唸りながら先の欠けた尾を再び大きく振り上げた。

コアが激しく明滅する。

限界まで巨体が捻られ、甲殻に覆われた四肢の腿《もも》に亀裂が走り、そこから紫色の光が漏れるのをギースは見た。

次の瞬間、スサノオの巨体が回った。溜《た》めに溜めた力の、一気の放出。恐ろしく太い尾が辺りの建物を、瓦礫を吹き飛ばして迫る。それを――

「よっ！」

ギースは軽々とジャンプして避けた。スサノオはバランスを崩してよろめく。

空中でギースが大きく神蝕剣タキリを振りかぶると、スサノオは欠けた腕を上げ、顔を庇《かば》うように交差させた。

だが、構わない——構わずに振り下ろす。

「だあっ！」

神蝕剣タキリとスサノオの腕が噛み合い、嫌な音を立てた。歯が軋《きし》るような、耳障りな音が耳を圧する。

止められた。

ぴし、と腕の残った甲殻にヒビが走る。それはあっという間に広がり、スサノオの両腕は完全に無防備なオラクル細胞の塊《かたまり》となった。

鈍い輝きを放つ神蝕剣タキリはそれを容赦なく切断する。

噴き出す血の向こうに現れた、仮面のような装甲が半壊した頭をめがけ、ギースは容赦なく剣を振りきった。

刃がスサノオの顔の正中線《せいちゅうせん》に沿って食い込む。アラガミは、人とも、他の生物とも違う謎《なぞ》の群体なのに、流す血は赤い。

噴き上がる血の中で、スサノオの残った目から光が消え、髪や足、むき出しのその他の体表もみるみるくすんでいった。

どう、と音を立ててスサノオは倒れた。

その一瞬前に、ギースは顔を蹴って神蝕剣タキリを引き抜き、後方に一回転して着地し、この巨大なアラガミの最期《さいご》を見届けた。

「……ふうっ」

まだ心臓が高鳴っている。いつものことではあるが、高揚感《こうようかん》はすぐには収まらなかった。血液がどくどくと体を駆け巡るのをはっきりと感じる。

ギースは目を閉じ、うつむいた。

はたから見ると、まるでアラガミの冥福《めいふく》を祈っているように見えるらしいが、そんな理由ではなかった。生きているアラガミを捕喰した直後のような興奮を、鎮《しず》めているだけだった。

一分後、ギースは目を開けた。

何とか落ち着いた。心拍数も通常に下がった。体温も。それらが平常に戻る前に捕喰を行うと、ギースの場合、神機が不安定になりがちだった。暴走だけは避けなければならない。

ギースは再び神機からオラクル細胞を解放した。

倒れて動かないスサノオに向けると、巨大な口が次々と結合を噛み裂いていく。神機によって喰らった部位はスサノオの形を保ったままとなり、それは様々な貴重な素材、材料となる。

そうでない部分は、短時間で結合が崩壊し、目では見ることのできない細胞レベルにまで分解される。だが、死滅したわけではない。それはいずれまた群体を作り、新たなアラガミとなって現れる。

「んー……こんなもんか」

再びメインユニットにオラクル細胞を戻し、ギースは神機を肩に担いだ。手に入ったのは『神蝕皇ノ黒貴鎧』と『神蝕皇ノ州砂』だった。

エンジン音が聞こえ、ギースが振り返ると、六輪装甲指揮車グレイヴが砂煙を上げながら近づいてくるのが見えた。

その車内に、見たことのない男がいるのをギースは見逃さなかった。

見たことがあるような気もしたが、思い出せない。戦闘直後はいつもこうだった。極端に記憶力が悪くなる。

(誰だ、あいつ?)

グレイヴが停車すると、その屋根に取り付けられた短身砲の向こうからアンテナがせり出して偏食場パルスをチェックした。ゴッドイーターではないヴェネとマルグリットには影響はないはずなのに、いちいちイクスはチェックする。

やがて車内に緑のランプが灯《とも》り、側面の扉が開いた。

「ギース!」

マルグリットが飛び出してきて、すがりつくように上衣の襟《えり》を握る。

（ははっ。犬みたいだ）

ギースは腕輪をしていない方の手で、犬の垂《た》れ耳のようなフードを被《かぶ》った頭を、ぽんぽん、と撫《な》でるように叩いた。

大きなスカイブルーの瞳に真《ま》っ直《す》ぐに見つめられるのが、ギースは好きだった。

「ギース、大丈夫？」

「あったりまえだって。スサノオなら前にも狩ってるんだ。敵じゃないね！」

「それは、わかってる。そうじゃなくて――」

マルグリットは襟を離すと、手袋をした手でギースの手を握った。ギースはＦ式武装
上衣の下で、心臓が跳《は》ねるのを感じた。なぜなら、とても顔が近かったから。

（うわ、うわあ……）

やっぱり、マルグリットは可愛《かわい》い。めちゃくちゃ可愛い。

（こ、これはもしかして……ち、ちゅーとかしちゃってもＯＫ？　いけちゃう？）

そんな気がした――気がする！

「マ、マリー……」

ギースは、ちょっと唇を尖らせた。

が――

「ああもう、こんなにして！」

マルグリットの手はするりとギースの手をすべって、神機に触れた。撫でた。

「いつも言ってるでしょ！　あんまり無茶な使い方したらだめだって！　壊れたら替えはないんだから！」

「んだよ！　心配なのは神機かよ！」

「あら」

ギースの手から新型神機をもぎ取るようにして、マルグリットは微笑んだ。

「もちろんギースのことも心配したよ？」

「……神機の次にだろ？」

さっきとは別の意味で唇を尖らせたギースに、マルグリットはくすりと笑った。

「そんなことないって。わたしが神機を心配するのは、それがわたしの仕事だからだよ。そう何度も言ってるでしょ？」

「そうだけど……」

「もう」

マルグリットは困ったような笑顔を浮かべた。それもまた、ギースの目には、たまらなく可愛かった。

「いいから、ほら。手を見せて」

強引に腕を取られたが、ギースは逆らわなかった。

マルグリットは小さなハンマーを腰のホルダーから取り出すと、コンコンと腕輪を叩いた。ギースにはさっぱりだったが、それでマルグリットには不調がわかるのだという。真剣なマルグリットの邪魔をしないよう、グレイヴへと目を転じたギースは眉を顰めた。

車から降りて来たのは、さっき見た、見知らぬ男だった。

(こいつ……ゴッドイーターじゃんか)

肩に担ぐようにした神機を見ればわかる。巨大なチェーンソーのようなそれは、アラガミの血を吸い込んだかのように赤い。

「……あんた、誰?」

ギースの声に気付いてマルグリットは顔を上げ、あ、と呟いた。

「紹介するね。こちら、リンドウさん。極東支部のゴッドイーターだって」

「よろしくな」

そう言って笑ったリンドウに、ギースは気に入らない感じを持った。なにがどう、とは言えない。人懐っこい笑顔の裏に、何かを隠しているような感じだった。

じっと睨んでいたら、

「嫌われたかな?」

リンドウは苦笑した。

「こら、ギース」

侵食されないためにP53偏食因子を塗布した整備用の手袋を嵌めた手で、ギースはマルグリットに軽く後頭部を叩かれた。

「てっ！」

「そんな態度は駄目でしょ？」

「だって……」

ギースは口を尖らせた。

「だってじゃないよ？　これからお世話になる支部の人なんだから」

「え、どういうこと？」

「――僕らを迎えに来たんだそうだ」

車から降りて来たヴェネが、前髪を払うようにして言った。コートの袖《そで》がずれ、手首に嵌めた黒い腕輪が覗いたが、ヴェネはそれをすぐに隠した。

「ギース。僕らはしばらく、極東支部――アナグラに滞在することになる」

「ええー！」

ギースは不満を隠そうともしなかった。

「補給だけしたら、とっとと出発しようよ！　支部にいたって、俺たちのやることなんかないじゃん。俺たち、禁忌種専門のチームなんだから」

ヴェネは小さく嘆息した。

「聞き分けのないことを言うな。これは本部の命令なんだ」

「本部の？」

ギースは眉を顰めた。

アーサソールは本部直轄の組織だ。どこへ行って何を狩るかは、すべて、本部の命令によって決まる。

だが『休め』というのに等しい、支部への滞在というのは、初めてのことだった。

「——休暇、というわけではない」

六輪装甲車が引く黒いカーゴの継ぎ目のない側面が唐突に開き、中からくたびれたスーツ姿の男が現れ、気障《きざ》と思える仕草《しぐさ》で眼鏡《めがね》を中指で押し上げた。

「……イクス……」

ギースはこの男が苦手——というより、嫌いだった。本部とアーサソールの間を取り持つ連絡役で、やたらと注射を打ちたがるヤブ医者だ。

「君たちのこの車も、その神機も、そろそろオーバーホールが必要だ。幸いにして、極東支部には新型神機が配備され、オーバーホールのための施設も整っている」

「オーバーホールなら、あんたのその大事な棺桶《かんおけ》でやってんじゃんか」

ギースは神機の切先でカーゴを指した。

「あれはとりあえずでしかない。本格的なオラクル細胞の補充と安定化は、やはりそれなりの施設が必要なのだよ。わかったかね」

わかりたくもなかったし、わかるつもりもなかった。

現状で神機に問題なかったし、整備ならマルグリットがちゃんとやっている。それに不満でもあるかのようなこの男の言い方は気に喰わなかった。

「いいじゃない、ギース」

マルグリットはにこにこと微笑んでいた。

「……嬉しそうじゃん」

「うん！　だって、他のラボが見られる機会なんてなかなかないもの。新型神機もあるんでしょ？　情報交換とかできたら、きっと有益だと思うの」

ギースは、ちぇ、と小さく舌を打った。

「……マリーがいいならいいよ」

マルグリットは嬉しそうに頷いた。

「じゃあ、決まりだな。さあ、乗った乗った」

リンドウ、とマルグリットが言った男は、まるでグレイヴが自分のものであるかのようにに、そんな風に言った。

（俺たちの家だぞ！）

そう怒鳴りたかったが、マルグリットの手前、ギースはそれを呑《の》み込み、代わりにできる限り胸を張って、大股で、堂々と見えるように、リンドウの前を通り過ぎてやった。

# 2

「ここも同じか……」

あらゆるアラガミから人々を守る装甲壁《そうこうへき》を抜けてすぐ、運転席でヴェネがそう呟いた。

なにが同じなのだろう、と横向きに設置された固いソファーに座っていたギースは、首を捻り、格子の嵌《はま》った窓から外を見た。

そして、理解した。

そこにあったのは、その日をどう生きるかを思うしかない人々の、貧しい暮らしだった。

それは、ギースにも、そして仲間たちにも見慣れた光景だった。

もちろん、極東支部に来るのは初めてだったから、ここの外部居住区を見るのも初めてだったが、こうした光景はどこもそうは変わらなかった。

あらゆるものを喰い尽くすオラクル細胞は、人間の生存可能域を大幅に減少させた。今、人が生きられるのは、アラガミ装甲壁の内側だけであり、何処《どこ》も生産できる生活物資に比べて、はるかに人間が多かった。

となれば、当然、貧困《ひんこん》が生まれる。

生活物資は配給制であり、経済活動は限定的だった。それはすなわち、自らの努力では貧困から抜け出す手段は極《ごく》限られている、ということだ。

窓の外に広がる、ただ生きているだけ、という生活から逃れる方法は、それなりの責任を負うしかない。

それは——ゴッドイーターになること。

適合する神機《じんき》が見つかり、ゴッドイーターになれれば、生活は一変する。食事はきちんと日に三度配給されるし、アラガミを狩ることで得た報酬で外の家族や知り合いを援助することも可能となる。

だが、それは言うほど簡単ではなかった。

まず、心理的な抵抗が強い。

人喰い細胞とも呼ばれたオラクル細胞を体に入れるのだ。その暴走を防ぐために腕輪と偏食因子《へんしょくいんし》があるが、安全に絶対はない。

それにアラガミとの戦いで命を落とすこともある。否《いな》、むしろその確率は高かった。

それでも——それでも、ギースはあの生活から抜け出したかった。

生きている実感のない、家畜《かちく》のような生活から。

ヴェネがそう導いてくれた。

彼がそう教えてくれた。

あの、腐《くさ》ったような生活から抜け出す術《すべ》を、実践して見せてくれた。

もちろん、望めば誰もがゴッドイーターになれるわけではなかった。そのためには努力ではどうしようもない、肉体的な素養が必要だった。

それを思えば、自分は恵まれていた、とギースは思う。一度の適合試験で、強力な新型神機とマッチングできたのだから。

「ひでえもんだろ?」

テーブルとセットの椅子に座って神機の刃の一本一本に丁寧《ていねい》に鑢《やすり》をかけていたリンドウが言い、ギースと、助手席に座っていたマルグリットも振り返った。

「周囲にアラガミ装甲壁を設けちゃいるが、先週だけで三度、突破された。あれが完璧《かんぺき》なら、人類はこの内側でそれなりに豊かな生活を送れると思うんだが、アラガミの進化はそれを許しちゃくれない」

ギースは鼻を鳴らした。

「別にひどい有様なのはここだけじゃないよ。俺たちはあちこち旅をしてきたけど、どこも一緒。北アジア支部だって、中央アジア支部だって、ここと変わらないっての。自分たちだけが苦労してるみたいに思うなよな」

「もう、ギース!」

マルグリットが叱《しか》るように言い、ギースは反射的に首を縮めた。

「何で、いつもそんな口の聞き方するの? わざと居心地《いごこち》が悪くなるような態度とって……」

「そ、そんなつもりねーよ!」

「だったらもっと悪いよ」

マルグリットはため息をついた。

「わざとじゃないんなら、素《す》でギースが嫌なやつってことになるもの。そんな子じゃないって、わたしは知ってるけど、他の人たちは違うんだよ？」

「……別に、仲良くなりたくねーし」

「ほんとに……」

マルグリットは、困ったように眉を顰《ひそ》めた。

だが、ほかに誰もいらないというのは、ギースの偽《いつわ》らざる気持ちだった。三人いればいい。後ろのカーゴの邪魔者がいなくなればもっといい。

それにどうせすぐここも出て行くのだ。これまでと同じく。仲良くなる時間があるなら、寝て、うまいものを喰えるだけ喰って、それだけで十分だ。

「あんたたちは長いのかい？　こう——三人で組んで」

リンドウが訊いたのに、マルグリットは頷いた。

「アーサソールになってからは、ずっと三人でやってます」

「から、ってことは？」

マルグリットが、ちら、と運転席のヴェネを見た。ヴェネはもう真《ま》っ直《す》ぐ前を見て、車の運転に集中していて、気付いていないように見えた。

「どーでもいいだろ、そんなこと」

ギースは吐き捨てるように言った。

「人の過去をあれこれ詮索《せんさく》するのが、アナグラのゴッドイーターの趣味なのかよ?」

「いい加減にしろ、ギース」

振り返らずヴェネが言い、ギースはむっとした。

「なんだよ! 俺は——」

ヴェネのために、と言いかけたが、

「大したことじゃない」

と言い切られては、黙るしかなかった。

「……マルグリットから聞いただろ? 僕も昔はゴッドイーターだった。しかも最初期の新型のだ。だが、神機を失って引退した」

「壊れたのかい?」

「いや——喰われたんだ」

リンドウの眉が微かに上がった。

「喰われたって?」

「ああ。あんたもさっき見ただろう? スサノオだ。あいつは神機を好んで喰らう。なんでかは知らないが。僕も神機をやつに喰われた。もっとも、僕の神機を喰ったのはさっきのやつじゃなかったが」

「どうしてそうだとわかるんだい？」

「オラクル細胞が結合崩壊《ほうかい》しても、神機は残る。さっきのスサノオからは何も残らなかった。あいつじゃない」

「けど、絶対見つけてやる」

ギースは言った。

「ヴェネの神機を、俺が絶対、取り戻してやる」

「なるほど、な」

リンドウは顎《あご》を撫《な》でた。

「それが、あんたたちがあんな危険なアラガミと戦う理由か。わかってすっきりした」

「悪いかよ」

リンドウは首を振った。

「いや。いいんじゃないか？　こんな時代に目標が持てるっていうのは貴重だ」

「え……？　そんな個人的な理由のために戦うのか、とか言わねーの？」

「誰か、そんなくだらないことを言ったのか？」

「誰って……みんな……」

以前は堂々とヴェネの神機を取り戻すため、と言っていたのだが、そうした反応にうんざりして、ギースは自分たちの過去を話すのをやめていた。

この話を聞いてこんな反応をしたのは、この男が初めてだった。

ギースはうっかり気を許しそうになったが、慌てて気を引き締めた。信用すればひどい目にあう――それが、ギースが外部居住区で学んだことだった。ヴェネとマルグリットだけが、信じるに値する人間だ。

「――着くぜ」

リンドウの声に、ギースは振り返った。

他の都市とさして代わり映えのしない建造物が聳《そび》え立《た》って一行を出迎えた。無骨《ぶこつ》で、窓と言えるようなものもほとんどなく、正面には巨大なシャッターがいくつも並んでいる、人類の砦《とりで》だ。

車が近づくと、そのシャッターは自動的に開いた。どこかでこちらを監視しているということだ。建物の中にグレイヴが完全に入ると、シャッターが閉まり、辺りは闇《やみ》に包まれた。

ヴェネがライトをつける。

するとそれが合図であったかのように、床《ゆか》が振動と共に下がり始めた。

「な、なんだ!?」

焦ったギースに、

「大丈夫だ。ちょっと揺れるけどな」

リンドウは落ち着いて言った。

「極東支部の重要施設の大部分は地下にあるのさ。自給自足を実現している環境完全都市をアーコロジーって呼ぶらしいんだが、ここはほかの都市よりも高い効率でそれを実現しているんだと。地下にあるおかげで気温の変化も少ねえし、エネルギーには地熱を利用できる。ま。最近は人口が増えちまって、さっきの通りだがな」

「あの人たちを中に入れてあげないんですか?」

マルグリットの言葉に、リンドウは申し分けなさそうな顔をして、肩を竦《すく》めた。

「アナグラの収容能力には限界がある。今もぎりぎりでね。それでも何とかできる限り食糧なんかも外に回しちゃいるんだが、御覧の通りさ」

リンドウの言葉に、マルグリットは何も言わなかった。今みたいな話は、何もここに限ったことではなかった。人類の数は減少する一方だったが、支部の周りだけに限れば人口は過剰に増えつつあり、食糧の供給が追いつかないのが現状だった。

数分で、床は——エレベーターは停止した。入ってきた側と反対のシャッターが開くと、ギースは、みなは、その光景に目を瞠《みは》った。

「明るい!?」

ギースは思わず驚いて声を上げた。それも普通の明るさではなかった。まるで昼間のように明るい。ここが地下だということを、思わず忘れるほどの明るさだった。

「人間は本能的に闇を怖れるからな。とくにアラガミが出現してからはその傾向が強い。そのために、必要以上に照明をつかってる」

「へえ……」

ギースが呟くと、ヴェネは黙って車を発進させた。

「うわ!」

「わあ……」

ギースとマルグリットは、またしても声を出してしまっていた。なぜなら、生き生きとした人の姿があったからだ。

外も人は溢《あふ》れていたが、ここにいる人間はまるで違っていた。表情にも張りがある。もちろん陰はあったが、まったく違っていた。

「生きがいってのは大事だよなあ……早く外の連中にも、同じようにいい顔をさせてやりたいとは思わないか?」

「そのための計画が進行していると、聞いたことがあるが?」

振り返らずにヴェネが言うと、リンドウは肩を竦めた。

「さあね——ああ、ほら。見えてきたぜ」

そう言ってリンドウが指をさした先に、巨大な柱のようなものが見えてきた。外とエレベーターで直結している、ゴッドイーターの城だ。

「まさに城だよな」

こちらの考えを読んだかのように、リンドウは言った。

「俺たちは、大昔のサムライや貴族のように、命がけで人々を守り、その代わりに優先的に食糧を回してもらっている。一般の人間には回らない、ビールや煙草《たばこ》も配給される。命をかけている代償がそれで見合うかどうかは個人で違うだろうが、俺は満足してるし、後悔もしてない」

「どっちも俺には縁がないんだけど？」

ギースが言うと、リンドウは笑った。

「そりゃそうか。でも、代わりにチョコレートやジュースなんかもらえるだろ？」

「そこまでガキじゃねーよ！」

「難しいやつだなあ……」

リンドウがため息をつくと、助手席でマルグリットがくすくすと笑った。

ギースは、もっと何か言ってやりたかったが、やめた。

マルグリットが笑ったのだ。

こんな風に彼女が笑うのを見るのは、久しぶりのことだった。だからそれで、彼女の笑いを引き出したことで、ギースはリンドウを許してやる気になった。

「さて、到着だ。あんたらには、まず、支部長に会ってもらう。ここでの行動がどの程度許されるかは、支部長次第だ。別に、とって食いやしねえからあんまり緊張すんな。……まあ、ある意味じゃアラガミよりも怖いけどな」

その言葉の意味がわからず、ギースは眉を顰めて首を捻り、

（どっちなんだよ）

と胸の内で毒づいた。

☆

「私が、極東支部長のヨハネス・フォン・シックザールだ」

壁に下がった、巨大なフェンリルのシンボルを染め抜いた旗の前に置かれた肘掛《ひじかけ》つきの高そうな椅子に座って、白いコートの男は酷薄《こくはく》な笑みを浮かべてそう、自己を紹介した。

ギースたちは全員が立ったままだったが、シックザールは立とうともせず、どこか気だるげに肘掛に腕を置いて頬杖《ほおづえ》をついていた。あいている方の手で首の黒いスカーフを弄《いじ》るたびに、銀の飾りがちゃりちゃりと音を立てた。

「ようこそアナグラへ。君たちのことは本部から通達《つうたつ》を受けている。第一種禁忌アラガ

ミを専門に狩る特務部隊アーサソール。実にいいタイミングだった。スサノオが現れた時に来てくれるとは。それとも――」

シックザールは淡い色の瞳《ひとみ》を眇《すが》めた。

「――君たちが現れたからスサノオが現れたのかな？」

「なっ！」

ギースは血が沸騰《ふっとう》するような錯覚《さっかく》を覚えた。

「お、俺たちが、あいつを呼び寄せたっていうのかよ！」

「よせ、ギース」

思わず前に出たギースを、ヴェネの腕が押しとどめた。

「支部長だぞ」

「んなの関係ない！　俺たちは命をはってんのに、こいつ、茶番《ちゃばん》扱いしやがって！」

「いいからやめろ。おまえ、近頃、怒りっぽいぞ」

「けど！」

「……ギース！」

後ろから飛んできたマルグリットの声に、ギースは背筋が伸びた。不思議なことに、いつもこうだった。彼女の声は、怒りも何も吹き飛ばし、胸に届いてくる。

「ヴェネの言う通りよ？　わたしたちは貴重な物資を分けてもらう立場なんだから、少しくらい嫌味《いやみ》を言われたからって、いちいち怒ってどうするの？　こんなの、椅子にふんぞり返って威張ってるだけの人は、いつものことでしょ？」

シックザールの片方の眉がほんの少し、上がった。

「マリー……」

ヴェネがため息と共に首を振ると、マルグリットは自分もまた失礼なことを言ったのだと気がついて、あ、と手で口を押さえた。

「アハハハハハハ！」

突然、腹を押さえてそんな風に笑い声を上げた男がいて、ギースは驚いて彼を見た。

壁に寄りかかっていたその男は、一見した時から、奇妙な奴《やつ》だと思っていた。

変わった形の黒いコートの下にやたらと派手なチェックのガウンのようなものを着ていて、首からは眼鏡をいくつも下げていた。

栗色《くりいろ》の、あちこち跳ねまくった髪を掻きあげ、

「いや、失礼したね」

と言ったが、少しもそんなことは思っていない感じだった。

にやけた笑いを浮かべていたが、ちっとも笑っているように見えない。目はほとんど開いているのがわからないほど細かった。

「……狐目《きつねめ》」

マルグリットが、こそっと囁《ささや》いた。

「きつ――なに？」

「昔、狐って動物がいたの。犬みたいなやつ。図鑑で見たことあるけど、そっくり」

「ふうん」

狐、と言われた男は、聞こえていたかのように、くっくっと笑った。リンドウは何の反応も見せず、腕を組んで黙ったままこの成り行きを見ていた。

やがて、シックザールが咳払《せきばら》いをした。

「……榊《さかき》博士。私はあなたを呼んだ憶えはないんだが」

「おっと、そうだったかい？」

狐目の男は、にやけた笑いを浮かべたまま、かけている眼鏡の位置を直した。

「第一種禁忌アラガミと接触し続けているゴッドイーターなんて珍しいからね。ちょっと体を調べさせてもらおうかと思って。別にいいよね？　何も解剖《かいぼう》しようってわけじゃないんだからさ。軽～く、検査だけ。ね？」

拝むように手を合わせる。だが――

「――駄目だ」

イクスはそれをにべもなく断った。

「……君は？」

榊が問うと、イクスは丸眼鏡の位置を直した。なんとなく、二人は似ている、とギースは思った。

「私はアーサソールの監理官だ。アーサソールは本部直轄の特務部隊だ。情報は何であっても渡せない」

「困ったねえ」

榊はシックザールを振り向いた。

「第一種禁忌アラガミと接触したゴッドイーターは、体内のオラクル細胞が不安定化して、肉体や精神にまで影響を及ぼすことが確認されている。そんな人間を、勝手に歩きまわらせるわけには、僕としては許可しかねるんだけど？」

シックザールはイクスを見つめた。

「一切の情報の提供は断ると？」

「私には権限がない、とご理解いただきたい。本部の許可がなければ、何一つ——ギース・クリムゾンの身体《しんたい》データを含め、提供はしかねる」

「……わかった」

シックザールがそう言うと、榊はまるで子供のように唇《くちびる》を尖《とが》らせ、マルグリットは必死に笑いを堪《こら》えていた。

「そういうことであれば、仕方がない。その代わりに、ギース・クリムゾン、ヴェネ・

レフィカルの行動は、制限させてもらうことになる。他のゴッドイーターにどんな影響を及ぼすかわからないからな」

「待てよ！」

ギースは驚いて声を上げた。

「俺はわかるけど、なんでヴェネまで窮屈《きゅうくつ》な思いをしなくちゃならないんだ！」

「レフィカル君も、かつてはゴッドイーターだった」

シックザールは決して仲間内でも口にしない過去をさらっと口にし、ギースはヴェネの表情が強張《こわば》るのはっきりと見た。あえて、かつて、と言ったのは腕輪に封印処理が施《ほどこ》されているからだ。

「こいつ――」

「よせ、ギース」

ヴェネは、大したことじゃない、と言うように首を振り、でも、とギースがさらに言い募《つの》るのを遮《さえぎ》って、

「君のそれ」

榊がヴェネの封印処理の施された腕輪を指した。

「ちゃんと封印もされているみたいだけど、『引退』したからといって、体内のオラクル細胞は完全には消失しないんだよねえ。休眠状態、と言えばいいかな？」

ええ、とイクスは答え、ならば、とシックザールが続けた。

「どういう影響があるかわからない。榊の検査を受けられないというのなら、アナグラの安全のためには行動を制限せざるを得ない。なるべく、部屋に籠《こも》っていてもらおう。ただし、マルグリット・クラヴェリはこの限りではない」

「了解しました」

ギースたちの意見は聞かず、イクスは独断でそう返事をした。いつものことだが、腹が立たないわけではない。

(だから、嫌なんだ!)

ギースはあからさまに舌を打った。支部に寄ると、いつもいつも自由が奪われる。これなら外にいた方がよかった。

「——リンドウ君。この二人の面倒を見てやってくれ」

見張りということだろう、とギースは思った。

「了解」

とリンドウは頷いた。

「では、以上だ」

シックザールはようやく椅子から背を離し、机の上で手を組み、薄く微笑んだ。

「——ようこそ。人類最果ての砦へ」

☆

「リンドウ君、君は残ってくれ」

ギースたちのあとを追って部屋を出ようとしていたリンドウは、シックザールの声に足を止めた。理由は予想がついたが、先回りして口にするようなことはせず、黙って従った。

しかし、部屋に残ったのはリンドウだけではなかった。

「……何故、あなたもいる？」

シックザールが眉を顰めると、ペイラー・榊はニヤニヤとした笑みを浮かべた。

「だって面白そうじゃないか。アレは逸材《いつざい》だよ。興味が尽きない。あれだろ？　どうせ彼らに関する話なんだろう？」

「まったく……」

シックザールは苦笑めいた笑みを浮かべたが、これは、榊に対してのみ向けられる、非常に珍しいものだった。

その時、シックザールの執務机《しつむづくえ》の内線がベルを鳴らし、彼はボタンを押した。

「私だ。どうだ？」

『——残念ですが、あらゆるスキャンを受け付けませんでした』

「そうか。わかった」

シックザールは椅子に体を預けると、嘆息した。

「なんだい？」

榊が問うと、

「カーゴだよ」

とシックザールは答えた。

彼らの六輪装甲車が牽引《けんいん》している車のことだろうとリンドウは推察した。どうやら全員をこの部屋に集めておいて、その間に、こっそりと調べていたらしい。

「それで？」

榊の問いにシックザールは、

「今、聞いたとおりだ。あのカーゴは特別製らしい。よほど知られたくない何かがあるようだな。本部の秘密主義にも困ったものだ」

「それは、わたしたちも同じだけどね」

シックザールは答えず、苦笑めいた笑みを浮かべただけだった。

リンドウは口を挟まず、二人のやり取りを聞いていた。彼らが何を言っているのかはわからなかった。が、深入りすればこちらの命が危ないことはわかっていた。

(慎重にやらねーと、な……)

リンドウは、シックザールの行動、言動に、何かきな臭いものを感じていた。

何かがおかしい。

しかしそれがなんなのか、うまく言葉にはできなかった。ゴッドイーターとして数多《あまた》のアラガミと戦い続けてきた、その上での勘としか言いようがない。

もしかしたらサカキは何か気付いているのかもしれなかったが、シックザールとの関係がよくわからなかった。随分と親しいようにも思えるのだが、一方で、決定的に対立しているような感じも受ける。

そこがはっきりとするまでは、迂闊《うかつ》に胸の内を明かすわけにはいかなかった。

「リンドウ君」

一瞬、シックザールに胸の内を見透《みす》かされたか、と思ったが、動揺を顔に出すことは堪えることができた。

「あのカーゴに何を隠しているのか、それを探ってくれたまえ。できたら第一種禁忌アラガミのデータと細胞のサンプルも欲しい。それに……あのゴッドイーターのデータと首輪、できればあの神機も」

「そいつはちょっと」

リンドウは作り笑いを浮かべた。

「ま、連中が全滅でもすれば別かもしれませんがね」

「そういうこともあるんじゃないかね？　新型神機にはまだ不安定な要素も多い」

リンドウは答えなかった。

(……事故を起こせって言ってるのか……？)

そう聞こえた。

例えば、アラガミとの戦闘中にギースの神機が動作不良でも起こせば、あのゴッドイーターは死ぬ。人間は、神機なしでアラガミには勝てない。

(冗談じゃない)

そんなことは、できなかった。だが、ここで今、できない、と言うこともまた、今のリンドウの立場では、言えなかった。

「……まあ、努力はしますがね」

そう誤魔化《ごまか》すしかなかった。

シックザールは何も言わなかった。明確に、やれ、と言わないところが狡猾《こうかつ》なところだが、そこに付け入る隙《すき》があるのもまた事実。

(まったく、いやな腹の探りあいだぜ)

リンドウは平静を装いつつ、ちらりと榊を見た。

やはり、何も気付いていないような、そうではなく、全てをわかっているかのような、どっちにも取れる、つかみどころのない顔をしている。

「……ペイラー。君はどう思う？」

シックザールも、彼の真意を測りかねたのか、直接そう訊いた。

榊は眼鏡の向こうで、酷薄に見える笑みを浮かべた。

「……私は事故などおきては欲しくないと思っているよ」

「あなたにとっても連中の技術は魅力的だと思うが？」

「確かにねえ」

榊は大仰《おおぎょう》に頷いた。

「極東支部のアラガミ技術開発を統括《とうかつ》する身としては、非っ常に魅力的だよ」

「なら――」

「でもねえ」

榊は首を振った。

「そうしたら、誰が第一種禁忌アラガミからここを――エイジス島を守るんだい？」

「彼らのニーベルング・リングの技術を応用すればいい」

「本部直轄のアーサソールが、私たちにその技術を簡単に渡すと思うかい？」

シックザールはため息をついた。

「思わないな」

　それはそうだろう、とリンドウも思った。シックザールはそう考えたから、事故の話などしたのだ。

「まあでも」

　と榊は目を眇めた。

「彼らと仲良くなったりすれば、その内、ぽろっと何か漏らすかもしれないけどね」

　シックザールは眉間《みけん》に皺《しわ》を寄せ、そこを手袋をした手でしばらく撫でていたが、リンドウは口を挟まず、それを見ていた。どのみち、挟める口を持ってはいない。所詮《しょせん》今は、彼らの犬なのだ。

「……そうだな」

　やがて、シックザールは吐き出すように言った。

「ならば、彼らに不幸な事故が起きないよう、よく気を配ってくれたまえ、リンドウ君」

　リンドウは、気付かれないように嘆息し、

「了解」

　と答えた。

☆

「面白くない！」

ギースは壁を思い切り蹴ると、そのまま一歩——二歩、壁を駆け上がり、その場でくるりと宙返りをし、着地した。

ブーツの底が、大きな音を立てる。

きゃっ、とマルグリットが小さな声をあげ、ギースは自分の行為に少しだけ後悔を覚えたが、怒りがすぐにそれを塗りつぶした。

まったく、納得いかなかった。

こんな風に軟禁《なんきん》されるような憶えはなかった。自分たちはスサノオを倒した。もちろんそれは自分たちに与えられた任務ではあるが、アナグラのためにもなったはずだ。

「それを……なんだよっ！」

ギースは、壁を思い切り蹴った。

ずん、と鈍い音がして、衝撃はそのまま足に返ってきた。さすがにへこんだり、ヒビが入ったりはしなかった。頑丈《がんじょう》にできている。

部屋の窓からは夕陽《ゆうひ》の光景が広がっていたが、これは本物ではなかった。地下にあるアナグラでそんな風景が見られるはずもなかった。全てがフェイク。偽物だ。

腹が立つ。腹が立ってしかたがなかった。何故今、アラガミがここにいないのだろう。いれば、この怒りの全てをぶつけてやれるのに。

「……いい加減にしないか、ギース」

ヴェネの声に振り向くと、彼は、椅子に座って偽物の夕暮れを見つめていた。その横顔はいつもと同じで静かなものだった。

「壁に当たったところで、この状況がどうにかなるわけじゃないだろう」

「そんなことわかってるよ！　でも、腹立つじゃんか！　ヴェネは腹立たないの？」

「腹は立つ」

「全っ然、そう見えないけど」

「おまえのように感情を露《あらわ》にしたところで、何も解決しないことを、僕は知っている。そんなことをしても疲弊《ひへい》するだけだ。その怒りは、アラガミにぶつけるためにとっておけ」

「んなこと言われてもさー！」

ギースはベッドに飛び乗るように座った。マットのスプリングは年季が入っているようで、ぎしぎしと錆《さ》びたような音を立てた。

「俺、ヴェネみたいに大人じゃないもん」

「おまえはもう一人前のゴッドイーターだろう？　そう思うなら、大人になれ」

「えー……」

ギースは、唇を尖らせた。

「ヴェネがいるんだからいいじゃん。俺、難しいこと考えるの苦手だし、ヴェネが考えて、俺がアラガミ共をぶっ飛ばす！　だろ？」

「おまえは……」

一瞬、ヴェネの横顔に、苛立《いらだ》ちのようなものが浮かんだようにギースには思えた。だが、それは窓からの光でできた影であったかのように、見直した時には消えていた。

「ギース！」

横から飛んできたマルグリットの声に、ギースは反射的に背筋が伸びた。振り返るとマルグリットは、腰に手を当て、白い頬を膨《ふく》らませてギースを睨んでいた。

「な、なんだよ、マリー……」

「そうやって、何でもヴェネに押し付けたら駄目っていつも言ってるでしょ？」

マルグリットはずかずかと近づいてきて、ギースの鼻先に、ほとんどくっつくくらいに顔を近づけた。

（う、うわ……）

視界一杯にマルグリットの顔が、宝石のような青い瞳が広がって、ギースは息を飲んだ。

マルグリットは、こんな風に平気で顔を寄せてくる。俺を子供扱いしているんだ、とギースには思えて、そうすると、何故かおもしろくなかった。

それは、ヴェネに対して言ったことと、明らかに矛盾《むじゅん》した気持ちだった。

相手によって、大人と子供を使い分けるのは卑怯《ひきょう》なことだと、ギースは自分でも思うが、どうしても、うまくコントロールできなかった。

いい、とマルグリットは鼻がくっつきそうな距離で言った。

「ヴェネは、ドクター・イクスの相手をしたりして、大変なんだよ？　他にも戦闘報告書とか、日誌とか、やること一杯あるんだから」

「わ、わかったよ……」

「ほんとに？　ほんとのほんとに？」

「うん……」

「じゃあ、よし」

マルグリットは体を離し、ギースはほっとした。けれど、どこかで残念だと思う気持ちもあって、自分の心なのに、ギースはどうにもよくわからなかった。

離れたマルグリットは、にっこりと微笑んだ。

（すっげ、可愛いよな……）

長い髪も。それを飾る、垂《た》れた犬の耳みたいなフードも。

だが、ギースの中の何かが、言ってはいけない、と囁いていた。それを口にしたら、世界が崩壊する、と囁いていた。

（……ヴェネは、どう思ってるんだろ……）

ギースはちらりと彼を盗み見た。どうしてか、気にしていることを、ヴェネに絶対に気づかれたくはなかった。だが、ヴェネの表情は相変わらず静かで、マルグリットを見ても何も感じてはいないように見え、ギースは何故かとてもほっとした。

「じゃあ、わたし、行って来るね？」

「え⁉　どこに⁉」

自分でも意外なほどうろたえて、ギースは思わず立ち上がっていた。そんな様子を見て、マルグリットは軽く握った拳《こぶし》を口に当てて、くすくすと笑った。

「ギースってば。配給所よ。さっき言ったでしょ？」

「あ——そ、そっか」

「もう……」

笑いながら、マルグリットはヴェネを振り向いた。

「選んだ荷物はグレイヴに届けてもらうね。あと……それが済んだら、わたし、ここの整備場を見学してきたいんだけど……いい？」

「ああ。ここは最新の設備が整っているらしいから、勉強させてもらうといい。まあ、新型神機に関しては、マリーの方がずっと詳しいから、学ぶことはないだろうが」

「ううん。そんなことないよ？　どんな人からだって、学ぶことはあるんだから」

そう言って、マルグリットは二人に軽く手を振り、部屋を出て行ってしまった。

残されたギースは、なんとなくこの場を息苦しく感じた。

以前にはなかったが、最近、彼と二人きりになると、こうしたことがあった。ヴェネがどう思っているかはわからないが。

「……いまのうちに体を休めておいた方がいい」

そう言うと、ヴェネは傍《そば》にあった雑誌を手にした。

ギースは興味がなかったが、紙の本は一度、ほとんど絶滅寸前にまでいった。だが、世界が崩壊し、ネットワークが限られた人間しか使えない状況になると、手軽な情報の伝達法として再び出回るようになっていた。

「いつまた禁忌種が現れるかわからないからな。おまえにしかできないんだ。頼むぞ」

「うん……」

おだてているわけではないというのはわかっていたが、素直には喜べなかった。

本当は、ヴェネ自身が神機を振るいたいに決まっている。

彼もゴッドイーターなのだ。だった、とはギースは言いたくなかった。

彼の神機を取り戻しさえすれば、今度は共に戦える——そう信じていたし、ヴェネもそのはずだ。だが、そう信じていても、自分がヴェネの立場だったら、他のゴッドイーターを励ますなど、ギースにはできなかった。

(ちきしょう……どこにいるんだ？　ヴェネの神機を喰ったスサノオは！)

ベッドに乱暴に倒れこみ、ギースは天井を睨んだ。

☆

(どうしちゃったのかなー、ギースってば……)

配給所の倉庫で、シートを片手にグレイヴに積み込む荷物にチェックと数を書き込みながら、マルグリットは形のいい眉を顰め、思わず尖らせてしまっていた唇に気がついて慌ててやめた。

ギースから、子供っぽい、と言われるのが嫌で心がけてはいるのだが、一人になるとついしてしまう。

(自分はするくせに)

と、こういう時には思うのだが、マルグリットはそんなギースの子供っぽい仕草が、嫌いではなかった。

むしろ、ほっとする。

体内にオラクル細胞を入れてアラガミと戦うゴッドイーターは、過酷《かこく》な仕事だ。変わるな、と言う方が難しい。人間が、死ぬか生きるかの際に置かれ続けて、変わらない方がおかしい。

だから、ギースの子供っぽい仕草を見ると、マルグリットはほっとした。まだ自分の知っているギースだと確認ができて、安心した。

だが、このところギースは、苛立っているように思えた。怒りっぽくなった。さっきのような乱暴な態度もそうだ。

昔から、感情をストレートに出す方ではあったが、あれほど露骨《ろこつ》に物に当たることはしなかった。

けれど、近頃はそれが頻繁《ひんぱん》になっている気がする。

ヴェネに叱られ――窘《たしな》められることも多くなった。

そうすると、ギースは素直に従うのだが、しばらくするとまた、忘れたように、小さなことで物に当たったりする。

ひょっとして禁忌種の発する偏食場パルスの影響では、とイクスに訊いたが、ニーベルング・リングは正常に作動していて、問題はないという答えだった。

できることなら自分で詳しく調べてみたいのだが、あれは、カーゴと同じく完全にブラックボックスであり、腕輪と同じで、マルグリットには外すことすらできそうになかった。

正直、マルグリットはあのニーベルング・リングに不信感を持っていた。そしてそれはヴェネにも伝えてあるのだが、いまのところ、彼がイクスを問いただした様子はなかった。

ヴェネも、昔とは違う。

彼は昔から兄のようで、落ち着いていて、大人びて、そして優しかったが、ゴッドイーターになってから、そして神機を失ってからは、陰のようなものを常に纏《まと》うようになった、とマルグリットは感じていた。何をしても楽しめていないような、そんな感じだった。

（それもこれも、神機が戻れば変わるのかな……）

それがヴェネの悲願であることを、マルグリットもギースも知っていた。

ゆえに、マルグリットとギースは、新型神機の適正試験を受け、アーサソールのゴッドイーターとなることを志願したのだった。

（早く見つかるといいな……）

すべてのチェックを終え、マルグリットは受付にシートを持っていった。

ここはゴッドイーター用の配給所なので、あまり人目を気にしなくていいのがよかった。一般用の配給所には、いつも長い列ができていて、受けとれる品数も厳しい制限を受けていた。そんな場所でこのチェックシートを見られたら、暴動が起きかねなかった。

現に、カウンターにいた女性は内容を見て目を丸くし、怒鳴《どな》りかけ、しかし、シートに記されたサインを見て口を閉じた。

そのサインは、シックザール支部長のものだった。

「……今、持って行くんですか？」

不快感を隠そうともせずに言う女性に、マルグリットは申し訳なく思いながら、

「いえ。駐車場の、黒い、カーゴつきの六輪装甲車のところに運んでくれますか？」

「これを全部？」

「えっと……すいません」

マルグリットは、ぺこりと頭を下げた。台車が一台ではきかない量だ。女性は、わかりました、と言ったが明らかに、割を食った、と言う顔をしていた。

そこでマルグリットは、辺りを素早く見回すと、カウンターに身を乗り出した。そうして、怪訝《けげん》そうな女性の手にあるシートを、指で示した。

「……何かひとつ、あなたの欲しいものを足していいですよ？」

女性の目が輝いた。

「ほ、本当に!?」

「はい。度が過ぎるとばれちゃいますけど。どうします」

女性はシートを睨むようにして考え込んだが、やがてビールにチェックを入れ、三パックと書き込んだ。マルグリットたちは誰も飲まなかったので未記入だった。

「あの……夫に飲ませてあげたくて」

そう女性は言った。

「嗜好品《しこうひん》は神機使いが優先でしょう？　最近じゃ、ちっとも回ってこないの」

「そうなんですか」

「でも、本当にいいの……？」

少し不安そうな声で言う女性に、マルグリットは微笑みながら頷いた。

「ありがとう……」

女性は嬉しそうに言って、初めて微笑んでくれた。

マルグリットはほっとして、それじゃあお願いします、と言って、そそくさと配給所を後にし、廊下を歩きながらため息をついた。

こういう賄賂《わいろ》みたいなやり方は、苦手だった。だが、それがうまくやるこつだ、と教えてくれたヴェネの意見は、いつも正しかった。

マルグリットは区画移動用のエレベーターに乗り込むと、整備所のある区画のボタンを押した。金網状と金属の二重扉が閉まると、エレベーターは下降を始めた。オラクル細胞を扱うだけに、神機の関連施設はどの支部も地下にある。アナグラは施設そのものが地下にあるために、整備所もさらに地下にあるようだった。

エレベーターが止まり扉が開くと、辺りに満ちた馴染《なじ》みの機械油の臭いに、マルグリットは気分が高揚《こうよう》するのが、自分でわかった。

耳を圧する機械の音と、肌にねっとりとまとわりつくどこか澱《よど》んだ空気が、整備の訓練を受けた研修所を思い出させた。

ここはただの整備所ではない、とマルグリットは気づいた。アラガミから喰い取った素材を使って新しい神機も製作する、工房を併設している。それは、マルグリットにはまだできないことだった。

「――あんたが、クラヴェリ!?」

こうした場所の常である怒鳴るような声に振り返ると、自分とそう年が変わらないように見える女性が立っていた。タンクトップに作業ズボンという格好で、腰には工具ベルトを着けている。いくつもの道具を下げ、むき出しの肌には機械油がついていた。

「話は聞いてるよ！　見学したいんだって!?」

「はい！」

「わたし、楠《くすのき》リッカ！　リッカが名前！」

「わかります！」

「そっか！　日本語、うまいもんね！」

　言って、リッカは笑顔を見せたが、マルグリットには実感はなかった。ギースもヴェネも、各国の——今はもう国という概念もなかったが——言葉を話すことができたが、これは睡眠強制教育の賜物《たまもの》だった。

　リッカは手を差し出し、あ、と気付いて引っ込めた。神機整備用の手袋をしたままだったことに気がついたのだ。

「ときどきやっちゃいますよね！」

　マルグリットが言うと、リッカは、そうそう、と頷いた。

「研修だって!?　新型の担当になるんだってね！」

「はい！」

　そういうことになっていた。アーサソールのことは秘密なので、マルグリットは整備研修生ということで、立ち入りを許可されているのだった。

「正しい判断だよ！　何たってアナグラには今、新型神機が二機もあるからね！　そっちは何機!?」

「一機です！」

「そっか！——さあ、こっちだよ！　遠慮しないで何でも訊いて！」

　轟音《ごうおん》の中で、いい人だな、とマルグリットは思った。

そんな人を騙《だま》している自分に胸が痛んだが、それが自分への罰なのだと、マルグリットは黙して受け入れた。

☆

「新型神機で気をつけなくちゃいけないのは、やっぱり変形部分の部品だね」

地上部分のエントランスのソファーで、冷やしカレードリンクを飲みながら、リッカは機械油のついた顔で、にやりと笑った。

ここから見える外は、部屋のそれとは違って本物だった。だからといって、気分がいいというわけではない。見えるのはスラムと、その向こうにそそり立つ壁だけだからだ。

だが、リッカは少しも気にしてはいないようだった。

「他の部品とは段違いに損耗《そんもう》が早いのよ。ボルグ・カムランの盾《たて》から削り出した合金を使っても、そんなにはもたないね」

「スサノオの尾とかはどうですか？」

マルグリットは訊いた。

ギースの新型神機はスサノオの尾の刃の部分を加工した部品を使用している。確かに損耗はあるが、交換率は他の部品に比べてそれほど高くはない。

「スサノオって、第一種禁忌の？」

マルグリットは頷いた。

「どうだろ。ボルグ・カムランに似てるって話は聞いたことあるけど、ここじゃ見たことないしなあ。あんたはあるの？」

「資料で、ですけど」

「そっか。うんまあ、ありえるかもね。使えるものなら使ってみたいなあ……。まあ、スサノオなんて、現れない方がいいに決まってるんだけど。本部にもしスサノオ素材があるなら、支部長の力で都合つけてくれるよう、頼んでみようかな」

「支部長さんて、そんな力があるんですか？」

リッカは前屈《まえかが》みになると、声を潜《ひそ》め、

「と思うよ。だってさ、新型神機って、全支部合わせても、まだ十機もないんでしょ？なのに、支部長の要請で、アナグラに二機もあるんだよ？」

三機だけど、と言う言葉をマルグリットは呑《の》み込んだ。

「例のエイジス計画のことがあるにしたって、支部長がたいしたもんだってのは、認めざるを得ないよ。物資も豊富に回ってくるから、大助かりさ」

マルグリットは、曖昧《あいまい》に微笑んだ。

リッカの口にしたエイジス計画なら、聞いたことがあった。

（あれがそうだったのかな……）

マルグリットは、ここへ来る途中、座礁《ざしょう》した原子力空母の彼方《かなた》に巨大な半円状の影を見たことを思い出した。

けれど、とマルグリットは思う。

アラガミとは、進化する細胞だ。人類が新種のアラガミのコアの解析《かいせき》を終えて新しい武器を作っても、その頃にはまた新種のアラガミが現れている。

そんなイタチごっこの状態で、アラガミに永劫《えいごう》に侵食されない楽園を作ることなど本当に可能なのだろうか。

「ねえ、ヨーロッパはどんな感じ？」

「え？」

唐突な質問に、マルグリットは目を瞬《またた》いた。

「どう、って……？」

「だってほら、パリとか、ロンドンとか、すっごくいい街だったんでしょ？　どんな感じ？」

ああそういうことか、とマルグリットは納得した。確かに、パリもロンドンも、かつてはたいそうな観光地だと資料で読んだことがあった。だが。

「えっと……ここと変わんない、かな？」

そう言うと、リッカは一瞬、驚いたが、すぐに夢から覚《さ》めたような顔になって、そっか、と長い長いため息をついた。

「まあ、そうだよね。世界中、アラガミのせいでめちゃくちゃになったんだから、本部が近いからって、無事なわけないよなあ……」

マルグリットは、うん……、としか言えなかった。夢を壊してしまったのだろうか？　けれど、この世界の中でアラガミの侵食を受けていない場所など、少なくとも、自分たちが回ったところでは、ひとつもなかった。

その時、ソファー席の向かいにある扉の脇《わき》のランプが赤から緑に変わった。出撃ゲート、と呼ばれている出入り口は、格納庫へと続いていて、さらにそこから外へとゴッドイーターは出撃していく。

マルグリットたちがアナグラへ入ったのは、そこからではなかった。グレイヴを停めているのも、別の格納庫だった。他のゴッドイーターに見られてはならない、というシックザールの判断だ。

分厚い扉が開き、続いて格子扉も開いた。

「——ほんとだって！」

そんな声が、まず、聞こえてきた。

「本当に見たんだって！　信じてくれよ！」

そう怒鳴っていたのは、明るい色のニット帽を被った少年だった。ギースよりも若い感じがする。黄銅色をしたアサルト型の旧型神機を軽々と持っている。

「コウタ」

とリッカは言った。

「藤木コウタ。第一部隊の新人君」

マルグリットは頷いた。

「だったらもう、そういうことでいいですよ」

そう言ったのは、絹のような色をした髪の上に、赤いチェックのベレー帽を被った少女だった。青い目に軽蔑《けいべつ》したような感じがある。だが少女の手にしていたのは、間違いようもない新型の神機だった。

「気付いた？　彼女が、二人いる新型神機使いの一人、アリサ・イリーニチナア・アミエーラ。ちょっと気位《きぐらい》が高いから、話しかけるなら気をつけて」

「ロシア出身？」

名前がそんな感じだった。

「あたり。支部長がロシア支部から引き抜いたの。で、あっちがもう一人の新型くん。彼はアナグラで造られた新型神機第一号の適合者よ」

その少年は、困ったような笑顔を浮かべて二人のやり取りを聞いていて、時折、口を

挟もうとしてタイミングがつかめずにいる様子だった。

「おとなしくて可愛いのよね」

くく、とリッカは笑ったが、マルグリットは同意できなかった。よくは知らないが、第一印象で比べたら、ギースの方がよほど可愛い。

「――と。もう一人の問題児も一緒か」

リッカがそう声を潜めた直後、

「……ちっ」

舌を打って、三人の脇を、一人の若者がさっとすり抜けた。

その若者に、マルグリットは不穏《ふおん》なものを感じた。

彼は青いフードを深く被り、旧型のバスターブレードを持っていた。それはかなり使い込まれていて、磨いても落としきれない汚れが付着していた。

白い髪が、フードから覗いていている。

若者は、付き合っていられない、といった様子で、一人でさっさと区画移動用エレベーターに乗り込み、行ってしまった。扉が閉まる一瞬、目が合った気がしたが、気のせいだったかもしれない。

「いまの人は……？」

「ん？　ソーマ？　あいつはよくわかんないんだよね。十八歳なんだけど、ここじゃかなりのベテランで、戦績もすごいわ。ただ、色々良くない噂《うわさ》もあってね」

「噂って？」

「……あいつと組んだゴッドイーターは死ぬ、とか」

リッカは声を潜めて言ったが、すぐに慌てて、噂よ噂、と付け加えた。

マルグリットにはその真偽は判断できなかったが、噂が立つには立つなりの理由がきっとあるのだろう。

「何を見たって、コウタ！」

話題を変えるように、リッカは声を張った。

ニット帽の少年が気付いて振り返る。今度は間違いなく目が合った、とマルグリットは思った。少年は、おっ、という顔をすると、新型二人のことはもういい、というように席にやって来て、人懐こそうな笑顔を浮かべた。

「えーと、誰……？」

マルグリットを真っ直ぐ見ながら、コウタは訊いた。

「ったく」

リッカがコウタを肘《ひじ》で突《つつ》く。

「可愛い女の子を見ると、すぐにこれなんだから。相手にしなくていいよ、マルグリット」

「へー、マルグリットちゃんかー」

リッカは、しまった、という顔をした。だが、もう遅い。マルグリットは、ひょこっと頭を下げた。

「……こんにちは」

「整備の新人さん？」

マルグリットは首を振った。

「違います。本部から研修に来たんです」

「研修？」

コウタはリッカを見、彼女は肩を竦めた。

「新型のだよ。本部でも本格的に新型を導入するんだって。で、そのための整備を学ぶために、彼女は来た。うちはほら、二台もあるでしょ？」

「へー。じゃあ優秀なんだ」

素直な誉め言葉に、マルグリットは動揺した。

普段、こんな風に言われたことはなかった。むしろ、駄目を出されることの方が多い。

イクスは謎の男だったが、新型についての知識は半端ではなかった。

「ど、どうしてそう思うんですか……？」

「だって、君のここでの勉強が、本部の整備の出来を決めるんだろ？　優秀じゃない人間をよこすはずないじゃん」

「はあ……」

それは――その通りなのかもしれない、とマルグリットは考えた。

だが、全部嘘《うそ》だった。

全部、シックザールが考えた設定だった。

自分が無能な整備士だとは決して思わないが、買いかぶられるのは、気持ちのいいものではなかった。

「それより、コウタ。いったい何をもめてたの？」

「ん？　ああ」

コウタはちらりと新型の二人を見た。

「あいつら、俺の言うこと信じてくれないんだよ。ほんとに見たっていうのにさ」

「見たって、何を？」

「アラガミだよ！」

コウタは神機を置くと、大袈裟《おおげさ》な身振りで腕を振った。

「すっげえの！　ほら、あのサソリみたいなのなんだっけ？」

「ボルグ・カムラン？」

「そう、それ！」

コウタはリッカを指した。

「そいつの堕天種《だてんしゅ》？　まあ、そんな感じなんだけどさ。なにがすげえって、人間の上半身みたいのがくっついてるわけよ！　でもって、両腕が盾じゃなくて、捕喰形態の神機みたいになってんだよ！」

マルグリットは、どきりとした。

（……スサノオ？）

そう思えた。

コウタの言った特徴は、スサノオに見事に合致《がっち》する。だが、それを伝えるわけにはいかなかった。

「しかもさ！　そいつ、言葉をしゃべるんだ！」

リッカが怪訝そうな顔をすると、コウタは慌《あわ》てた様子で、

「本当だよ！」

と言った。

「あ、いや、明確に俺に話しかけたとか、そういうことじゃないんだけどさ。独り言？　そんな感じでさ、ギー、とか、ギイス、とか」

（ギース？）

さっきよりも強く、マルグリットはどきりとした。

本当にそのスサノオがそんな風に喋《しゃべ》ったのだろうか？　いや――ギー、とか　ギイス、なら、ただの音にも思える。

いつの間にか近くに来ていたアリサが鼻を鳴らした。

「そんなのいるわけない。夢でも見てたんじゃないですか？」

「起きてたって！」

コウタは唇を尖らせた。

「ほんとに喋ったんだよ！」

「仮に起きてたとして、本当に言葉だったんですか？　ただの唸り声や関節の軋《きし》りだったかも知れないでしょう？」

「それは……」

「ほら」

アリサは勝ち誇ったような笑みを浮かべた。

「そもそも、その堕天種を目撃したかも怪しいものだわ。……戦闘中の興奮がオラクル細胞を活性化させて、その手の幻覚を生み出さないとも限らない」

ふっと彼女の表情が曇ったのに、マルグリットは気付いた。

（ひょっとしてこの人、そういうものを見たことがあるのかな……）

そうなのかもしれなかったが、マルグリットには知りようもなかった。

ギースなら、同じ新型神機の適合者である彼なら、彼女の見たものを見ることが出来るかもしれなかったが、なぜか――して欲しくはなかった。

だいたい、とアリサは続けた。

「そんな新種のアラガミに出会って、よく無事でいられましたね？」

「すぐに隠れたんだよ。補充用のOアンプルもほとんど残ってなかったし。向こうは俺に気付かずに行っちまった」

アリサは、ふうん、と呟いたが、明らかに腑《ふ》に落ちない表情をしている。

もう一人の新型使いは、困ったように笑みを浮かべるばかりで、二人の口論に割って入ろうとはしなかった。

「ったく、もういいよ！」

不貞腐《ふてくさ》れたように言って、コウタは説得を諦《あきら》めたのか、階段を降りて行ってしまった。

その様子に、アリサは呆《あき》れたように息をつき、もう一人の新型はそれにやはり困ったような笑みで応《こた》えていた。

「ごめんねー」

苦笑したリッカに、マルグリットは首を振った。

正直驚いたが、新鮮でもあった。

マルグリットはこれまで、複数のゴッドイーターのこうした会話を聞いたことがなかった。アーサソールにはギース一人だ。ヴェネは、元ゴッドイーターだが、二人の会話はいまの会話とはどこか感じが違った。

(わたしにも早く適合する神機が見つかるといいのに……)

マルグリットは、並んでエレベーターに乗り込む二人の新型神機使いに、自分とギースの姿を重ね、小さくため息をついた。

# 3

「出たぞ」

やることもなく、部屋でただひたすら、マルグリットとトランプをしていたギースは、普段なら嫌なイクスの訪問を、初めて嬉しく思った。

「アラガミだよな！」

「他に何がある」

嫌味《いやみ》な言い方も、今日ばかりは気にならなかった。

「よっし！」

ギースは己《おの》が掌《てのひら》に拳《こぶし》を打ちつけた。

「種別は？」

読んでいた本を置いて、ヴェネが訊《たず》ねる。

「アマテラスだ」

聞いたことのない名前だった。

「知ってる？」

マルグリットに訊いたが、彼女は首を振った。じゃあ、とヴェネを見たが、彼も同様であったようで、マルグリットと同じく、首を振った。

「君たちが知らなくても当然だ」

イクスは鬱陶《うっとう》しそうに耳にかかる髪を直した。

「遭遇例は数十件に及ぶが、目撃報告は数件しかない」

「数が合わないじゃんか」

ギースがそう言うと、イクスは何故か嬉しそうに唇《くちびる》の端を持ち上げ、笑みを浮かべた。わからないのか、と言われているようで、ギースはようやくいつもの怒りが戻ってくるのを感じた。これだ。この男と話していると、どうしようもなく腹が立つ。

「ギース」

そうヴェネに声をかけてもらわなかったら、間違いなく殴っていただろう。こんなところに閉じ込められているせいだろうか？　どうにも、怒りっぽくて困る。

「数が合わないのは、遭遇した部隊の多くが全滅したからだ」

「え？　でもそれならなんで、アマ——……アマテラスだっけ？　そいつの仕業《しわざ》だってわかるんだよ」

「痕跡《こんせき》でいくらでもわかる。僕たちはどうやって第一種禁忌アラガミを探知《たんち》しているｰ？」

「それは、偏食場パルスで——あ、そうか」

ようやくギースにもわかった。

同一種の禁忌アラガミは同じ波形《はけい》の偏食場パルスを発生することがわかっている。それを観測することで、アーサソールはゴッドイーターを危険に晒《さら》すことなく、禁忌種の出現を感知してきたのだ。

だから、たとえ部隊が全滅しても、何が全滅をさせたかはわかる。

「それで、何か有益な情報は？」

ヴェネの問いにイクスは、

「たいしてないな」

と言いつつ、モノクロの写真をポケットから出してヴェネに渡した。

「これが唯一、アマテラスを写したものだ」

「なんだよ、これ。でっかいんだか小さいんだかもわかんねーじゃん」

ずいぶん遠くからのものでシルエットしかわからず、ギースは唇を尖らせたが、ヴェネは、いや、と言った。

「形態はウロヴォロスに近いな。禁忌種といえども零《ゼロ》から発生した種類はない。きっかけはわからないが、何らかの要因で従来種が進化したものと考えていいだろう」

「堕天種と同じで？」

そう言ったマルグリットに、ヴェネは頷いて見せた。

「もちろんまったく同じじゃないが、スサノオにしたところで、進化の元となったボルグ・カムランの特徴を多く残している。ならば、このアマテラスも多くの点でウロヴォロスとの共通点があるはずだ」

なるほど、とギースはいつもながら感心した。だが――

「ヴェネ。でも俺、ウロヴォロスと戦ったことないよ？」

「僕はある」

頼もしく、ヴェネは言った。

「これだけ形態が似ていれば、奴の動きについて、僕の経験も役に立つだろう。現場に着くまでにしっかり憶えろ。できるな？」

「うん！」

ギースは握った拳で軽く、とん、とヴェネの胸を叩いた。

「さすが、ヴェネだぜ！　任せといてよ！――行こうぜ、マリー！　やっとこの部屋から自由になれるんだ！　暴れるぞ！」

ギースがそう言うと、マルグリットは何故か、少し困ったように微笑んだ。

「何？」

「久しぶりに外に出られるから嬉しいっていうのはわかるけど、相手は、堕天種と似てても、全然違うんだから、油断は禁物だよ？」

「わかってるって！　俺だって、今日が初めてのルーキーじゃないんだぜ？　心配ないさ！」

「もう……」

マルグリットの困ったような笑顔は、少しも解消されなかったが、ギースはもう気にならなかった。どうしようもなく高揚《こうよう》している。早く――早く戦いたくて仕方がない。

「張り切るのはいいが、こいつを忘れては困るな」

イクスがそう言って出したものを見て、ギースは、うげ、と思わず漏らしてしまった。それは圧着式の注射器で、中身は、Ｐ53偏食因子が必要以上に活性化しないようにする抑制剤だということだった。

首のニーベルング・リングはパルスを中和するが、完全ではないらしい。それを補強するのがこの注射なのだが、投与《とうよ》されて十分くらいは吐きそうなほど気分が悪くなるので、ギースは苦手だった。

ヴェネは銀色の管を受けとると、キャップを外し、ほら、と言った。

ギースは一瞬、本気で逃げようと考えたが、そんなことをしても無駄だと諦め、自分でうなじの髪をかきあげ、肌を露出した。

冷やりとした感触に続いて、火傷《やけど》をしたかのような軽い痛みが走った。

ぐらり、と世界が揺れる。

「しっかりしろ」

ヴェネに支えられてギースは何とか頷き、一刻も早く、この悪夢のような時間が過ぎることを願った。

☆

「でさあ！　あんたは何でいいんだよ！」

ギースは、当たり前のようにグレイヴのソファーにふんぞり返っているリンドウを指した。車内禁煙のルールを守ってはいるが、火の点《つ》いていない煙草を咥《くわ》えている。

「俺だって、いたくていいるんじゃないっての」

そんなことを言って、リンドウは髪をかきあげた。

「残念だが、これも支部長命令でなあ。こっちは貴重な物資を提供するんだ。その上、好き勝手やらせてくれっていうのは、いくら本部の命令でも聞けないって話だ。アーコロジーは何も生産に限った話じゃないんだぜ？　自治もその中には含まれる」

「む、難しい言葉使って誤魔化そうったって、そうはいかねーぞ！」

「いや、ちっとも難しくないって！」

リンドウは驚いたように手を振った。

「ようするに、極東支部には極東支部のルールがあるってことさ。お客は歓迎するが、客は客で守らなくちゃならないルールがあるんだよ」

「面倒くさ！——なあヴェネ！　早くこんなとこ出てこうよ！　補給、もう済んだんだろ?」

「済んだのは申請《しんせい》だけだ」

ハンドルを握ったまま、振り返りもせずに彼は言った。

「すべての物資が揃うには、まだ数日かかる」

ギースは、げえ、と言った。まだ何日もあの部屋に閉じ込められるのかと思うと、思わずそう言ってしまった。

だがそれを聞くと、リンドウは笑った。

「何がおかしいんだよ!」

「いや、わるいわるい。——しかしまあ、そうだよな。俺だって部屋に何日も閉じ込められていたら、いくらビールがあっても気が腐《くさ》る。わかった。完全に自由ってのは無理だと思うが、少しは出歩けるように掛け合ってやるよ」

「ほんとか!?」

「ああ」

リンドウははっきりと頷いた。

「おまえらにあちこちで極東支部の悪口を言いふらされたりしたら、エイジス計画にも悪い影響があるかもしれないしな」

「……できるのか? そんなことが」

バックミラー越しにリンドウを見て、ヴェネは訊いた。

「あの支部長は、そんな甘い男には見えなかったが」

「何もしないよりはいいだろ？　駄目で元々。極東支部にも、俺みたいなやつがいるってことをおまえたちの記憶に残せられるなら、それだけでも掛け合う価値はある」

「……それを僕らに言ってしまうのは、どうかと思うがな」

リンドウは、ははっ、と笑った。

巨大な猫みたいな奴だ、とギースは思った。前にいたスラムには、猫がいた。気まぐれで何を考えているかわからなかった。それに似ている。本気か冗談かまったくわからない。さっぱりつかめない。

「で、何？」

ギースは唇を尖らせた。

「俺たちについて来て、それであんたはいったい何をすんだよ」

「ぶっちゃけて言うと、おまえらがレアな素材を手に入れたら、それを報告するのが俺の仕事だ。エイジス計画には、できる限り多くのアラガミの資料が必要だからな。禁忌種の素材は、アナグラにはまだない。本当ならおまえのその神機もばらして徹底的に解析したいところだろうが――」

『――駄目だ』

スピーカーからイクスの声がして、リンドウは肩を竦めた。

「ほら、な。ま、だから俺は、おまえらがどんな素材を手に入れたか支部長に報告して、あとはまあ、俺の知ったことじゃない。支部長が本部と掛け合うか、後ろのおっさんに頼み込むか、なんかかんかすんだろ」

「なんか、適当なんですね」

助手席のマルグリットが呆れたように言った。

「スパイみたいな真似は向いてないんだよ。俺はこいつを――」

リンドウは自分の神機を叩いた。

「――振ってる方が性に合う。ま、こんな仕事でも、長いことやってるとそれだけじゃすまなくなるんだけどな」

「わっかんねーなー」

ギースは吐き捨てるように言った。

「嫌ならやらなけりゃいいじゃん！　それだけじゃすまないとか言っちゃって、そんなの言い訳じゃないの？」

「こりゃあ、手厳《てきび》しいな」

リンドウはまた笑った。

それが、ギースの癇《かん》にやけに障《さわ》った。ちり、と胸に焼けるような痛みが走った。この顔を、どうしようもなく殴りたくなってきた。

(やっちまうか?)

そうしろ、と囁《ささや》く声がした。

簡単なことだ。拳を握って、それを叩きつければいい。鼻骨が折れ、鼻腔《びこう》から血を流しながらみっともなく許しを請うリンドウの姿を見たい。

だが——

『——ギース、準備しろ』

スピーカーから聞こえた声に、ギースはぎょっとして背を伸ばした。イクスの声は、嘘《うそ》のようにリンドウへの怒りを吹き飛ばしてしまった。

どうしてそんなことを思ったのか不思議なほど、さっぱりとなくなっていた。

助手席からマルグリットが立って、整備台に向かう。

ギースも慌てて立ち上がったが、

「……そう簡単じゃないけどな」

リンドウが不意にそう呟き、ギースは飛び上がるほど驚いた。

(気付かれてた……!?)

まるで、殴ろうとしていたことを見抜いていたかのような言葉だった。リンドウはにやりとすると、煙草を口で動かしながら立ち上がり、運転席の方へと向かった。

（こいつ、やっぱり嫌いだ！）

ギースは何故かやり込められたような気分で、整備台に向かった。

「大丈夫？」

とマルグリットが訊くのに、

「なにが？」

とわざとぶっきらぼうに答えて、神機を手にした。

いつものように、じわり、と神機から何かが入り込んでこようとするような感覚が襲ってくる。それは手首の辺りでなくなるが、いつまでもなれない。

『――ギース。アマテラスにはバレットによる攻撃は効果がないか、低い可能性がある。めくらまし程度に考えることだ』

ギースは天井のスピーカーを見上げた。

「何でそんなことが言えんだよ」

『――銃を中心とした編成を行っていた部隊は、全滅までの時間が、剣による直接攻撃を主眼に置いて編成を行った部隊よりも短かった』

「……それだけ？」

『――それだけだ』

役に立つのかどうかわからない情報だった。

だが、それしかないというのなら、あとは直接戦ってみて、その中で対処法を探るしかない。どのみち、ソードフォームは神蝕剣《しんしょくけん》タキリひとつきりなのだから、属性を気にする必要はなかった。

「マリー、弾《たま》は――」

「はい、これ」

マルグリットはバレットを保管してある棚から、ひとつを取り出して差し出した。

「こいつは？」

「ライトニング・マイン。ヴァジュラの攻撃を再現したものだけど、空中で停止して雷球を形成するから、めくらましや足止めになるかも。他は、とりあえず全部の属性のレーザーバレットを持っていって」

「わかった」

ギースは神機を銃形態に変形させるとバレットを装填《そうてん》した。低い音を立てて、弾が形成されていく。

「見えたぞ！」

ヴェネの珍しく緊張した声に、ギースは神機を剣形態に戻すと、マルグリットと共に運転席へ向かった。

助手席は当たり前のようにリンドウが占領していて、また怒りがわいてきたが、それもアラガミを見るまでだった。

「うわ、でかっ……」

思わず声が出てしまったが、そのアラガミは本当に大きかった。

目の前には座礁《ざしょう》した空母があって、その向こうにいるのだが、ここからでもはっきりとその姿を見ることが出来た。

生きている陸上戦艦といった感じのアラガミ、クアドリガも相当だが、それに匹敵するか、それよりも大きかった。

だが、印象はまったく違う。

クアドリガは生物というよりも機械のようだが、そのアラガミ——アマテラスは嫌悪感を覚えるほどに生物的だった。

イクスの言った通り、ウロヴォロスの特徴を濃く残している。全身はぬめりのある体毛で覆われ、下半身と上半身で色が違っていた。

四本の腕のように見える触手の集合体の上部には、盾のような、翅《はね》のような、緋色《ひいろ》の体毛が天を衝《つ》くように伸びている。その腕はしかし体毛の集合体なのかもしれず、分離、結合を繰り返している。

強大な体を支える下半身は、光の加減で濡《ぬ》れたような灰色をしていた。

赤い背中は甲羅に苔《こけ》が生《は》えたようで、それは後ろへ、地面に付くほどに続いていて、先端の裏側では太い触手が何十本と蠢《うごめ》いていた。

だが、最も気味が悪かったのは、その顔だった。

否、顔の部分にあるモノだった。

「……人？」

ギースが呟くと、リンドウは双眼鏡を覗き、

「おまえ、あれが見えるのか？」

と驚いた。

「え？　うん。――それより、あれ！　もしかして誰か捕まってんじゃない!?」

そう見えた。

アマテラスの正面、ウロヴォロスの複眼がある場所には、上半身が裸の女性が、まるで飾るように、いた。女性の頭の後ろには、光を模《かたど》ったようなオブジェがあって、周りを角のようなものに囲まれていた。さらにアマテラスの体には、巨大な――気味が悪いほど巨大な女性の乳房と思えるものが揺れていた。

「どうしよう……」

と双眼鏡を借りて覗いたマルグリットが呟いた。だが――

『――構うことはない』

スピーカーから、イクスの平淡な声が響いた。

「でも！」

『──あれは人質などではない。ザイゴートの胸の女が本物でないように、あの、女のように見える部分も、オラクル細胞のただの擬態《ぎたい》だ』

ザイゴートは浮遊するアラガミで、卵の殻《から》に巨大な一つ目と、女性の顔の下半分、それに女性の胴体を貼り付けたような姿をしている。そしてそれは確かに、擬態でしかなかった。だが。

「何で断言できるんだよ！」

『──簡単だ』

イクスがスピーカーの向こうで笑った気がした。

『──あんなでかい女がいるか』

あ、とギースは気付いた。

確かにそうだった。もしあの女が人間なら、優にその身長は三メートルを超える。擬態と考える方が、理に適《かな》っている。

ギースは体が熱くなった。みっともなさ過ぎる。

『──わかったら行け』

「言われなくても行くよっ！」

怒鳴り、ギースは踵《きびす》を返《かえ》した。ギース、とマルグリットの声が追いかけてきたが無視し、扉の開閉ボタンを殴るように押した。

扉がスライドして開くと、夕暮れの潮風が流れ込んできた。

その中へ、ギースは体を躍らせた。グレイヴは崩れかけたビルの駐車場に停まっていて、空母の甲板《かんぱん》までは、十メートルはあった。

落ちながらワイヤーロープを投げて鉄骨に引っ掛ける。ピン、と張ったところで壁を蹴り、さらに降りる。

着地の衝撃はほとんどなく、手を離し、ギースは神蝕剣タキリを肩に担《かつ》ぐようにして、空母の甲板を走った。

「よっ！」

段差を軽々と越え、さらに走りながらアマテラスを視認した。

近づくとさらに気味の悪さは増した。こんなのにどうして極東の古い女神の名前がついているのか、ギースは理解できなかった。どう見ても怪物だ。乳房にしても、あれほど大きいと興奮もしない。グロテスクなだけだ。

甲板を飛び降り、ギースはさらに走った。

向こうは、まだ気付いていない。

(試してみるか！)

ギースは神蝕剣タキリから神蝕銃タキツへと神機を変形させ、走りながら、巨大なクレーターの向こうで捕喰を行っているアマテラスに狙いを定めた。

（そら……よっ！）

引き金を引く。

銃口が輝き、生成された弾が射出される。赤い輝きのエネルギー弾の属性は火だ。素早くシリンダーを回転させ、次のバレットにユニットを交換し、次弾を発射——それを三回、残りの属性、氷雷神の弾を試した。

エネルギー弾は連続してアマテラスの赤い背中に命中した。

小さな爆発が起こる。

だがアマテラスの巨体は揺らぎもしなかった。どの属性にもほとんどなんの効果も見《み》出《いだ》せない。毛が燃えもしない。雷属性には微かに反応があったが、傷を負わせるほどではない。

「やっぱ効《き》かねーかっ！」

向こうも気がついた。

大地が揺れる。アマテラスは奇妙な音を発しながら、恐ろしい勢いで迫ってきた。

でかい。

まるで杭《くい》打ち機だ。ズドン、ズドン、と一歩ごとに地面に肢《あし》が突き刺さり、抜ける度に巨大な穴が開いていく。

ギースはライトニング・マインを発射した。

それはアマテラスの目前《もくぜん》で雷球となって停止した。一瞬、アマテラスは速度を落とした。だがすぐに、雷球をものともせずに迫ってきた。

しかし、体勢を整えるには、その一瞬で十分だった。ギースは神機を振ってタキリへと変形させ、構えた。

アマテラスの一番手前の腕が、引き抜かれながら幾《いく》つかの枝に分かれる。それが、鞭《むち》のようにしなりながら、思い切り後ろに引かれる。

（はっ！　動きがみえみえなんだよっ！）

相手が初めてのアラガミであっても、その動作、筋肉の動きを見れば、次の行動はある程度、予測が立った。

ぎゅるん、と、バラけていた腕がねじれながらひとつにまとまる。それが、まっすぐに槍《やり》を突き出すように伸びてくる。

僅《わず》かに弧《こ》を描く軌道を一瞬で見極め、ギースは体を捻った。

三十センチと離れていない場所を、樹齢千年を越えた木のような巨大な腕が行き過ぎる。空気の流れだけで後ろに引っ張られそうになりながら、ギースは、

「たあっ！」

体を回転させて、タキリを叩きつけるようにする。スサノオの尾から造られた刃はア

マテラスの腕を何の抵抗もなく斬《き》った。

腕の半《なか》ばまでを切断され、アマテラスが悲鳴のような声を上げる中、ギースは体の下を駆け抜けながら、垂れ下がる乳房を撫で斬りにした。

シャワーのように血が降る。

それを避けつつ、前肢の間を抜けて振り向いた瞬間、

「がっ！」

凄まじい衝撃が胸から背中に突き抜けた。

貫かれた、と思った。内臓を、心臓を、丸ごと抉《えぐ》られた、と思った。吹き飛ばされ、乾いた地面を転がりながら、そう考えた。

「ごほっ！　がはっ！」

違った。

咳が出るということは、肺がある。血も出ていない。ギースは、咄嗟《とっさ》に自分が神機で体を庇《かば》っていたのだとわかった。

日頃の鍛錬のおかげだ。ヴェネとの格闘訓練が、こういう時に成果が出る。

顔を上げると、しゅるしゅると伸びた腕が戻っていくのが見えた。

それが上がる。

体を震わせ、アマテラスは後ろ肢で立ち上がった。タダでさえ大きな体が、さらに大

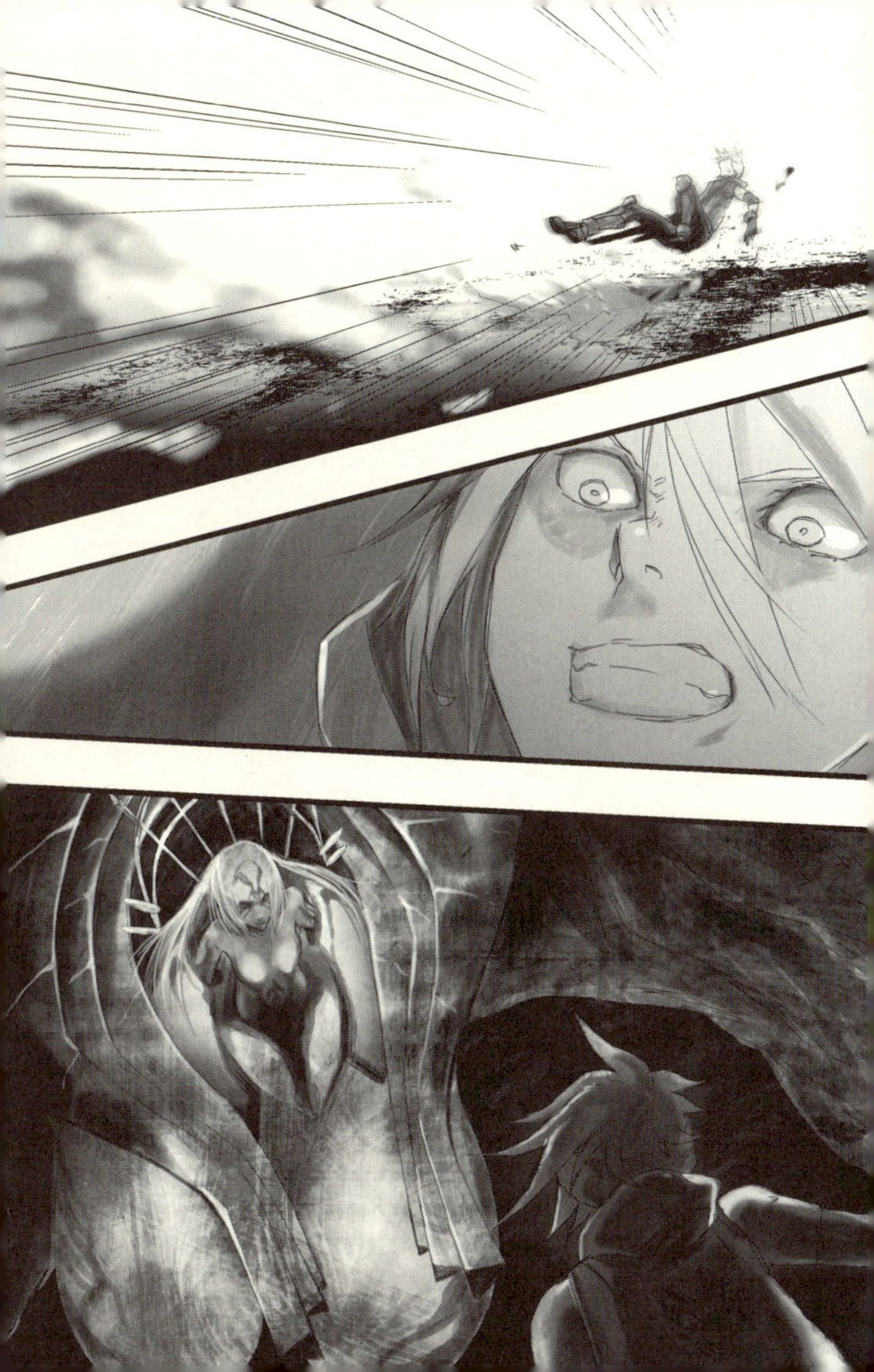

きくなる。そうして、千切れかけた腕も含め、四本の前肢が、祈りでも捧《ささ》げるかのように空に向かって伸びていく。

四本の前肢の中心で火花が散り、それは小さな火球となった。

だが、小さかったのは一瞬で、周囲の空気が回転して吸い込まれるように集まり、火球はたちまち巨大な、建物ひとつを簡単に呑み込むほどの大きさになった。

「やばっ」

避けている時間はない、とギースは判断した。そうすることで、むしろ足の一本なりを失う可能性がある。

ギースは神機を体の前にかざして神蝕甲イチキシを展開し、膝《ひざ》をついてできるだけ体をその陰に隠すようにした。

直後、凄まじい熱風と、瞼《まぶた》を閉じていても目を焼く輝きが、周囲を圧し尽くした！

☆

リンドウは翳《かざ》した手の指の間から、アマテラスの巨大な火球に、ギースがあっという間に呑み込まれるのを見た。

その一瞬前、彼は神機の装甲を展開したように見えたが、あの火球の前では、そんなものは何の役にも立たないと思えた。

場所を変わって助手席に腰を落ち着けたマルグリットにも、不安の色が見える。

だが、ヴェネは違った。

あれだけの攻撃を仲間が受けているにもかかわらず、平然と前を見つめていた。どこかに感情を置き忘れてしまったかのようだった。

(信じている、とかってレベルじゃねーぞ)

そう思えた。

どんな実力者でも、不死にはなれないのだ。体内のオラクル細胞が新陳代謝《しんちんたいしゃ》を高めても、治癒力《ちゆりょく》には限界がある。その限界を上回ればゴッドイーターも、普通の人間のように死ぬ。

それを、元ゴッドイーターであったヴェネが、知らないはずはなかった。

「……あなたは、ギースを知らない」

まるでこちらの考えを読んだかのように、ヴェネは言った。

「別に、あなたの心を読んだわけじゃない。ミラーに映るあなたの目を見れば、何を考えているか、わかる」

「……そうかい？」

リンドウは、今度こそ表情から感情を完全に消して、そう言った。だが、それで隠しおおせているかどうかはわからなかった。

目は、そうしたものとは別なのだ。ゴッドイーターが質の高い連携が取れるのは、相手の目を見て心を読む術《すべ》に長《た》けているからだ、という説もあるくらいだ。

「神蝕甲イチキシは、単に物理的な防御力に優れているわけではない。あれは展開時に、オラクル細胞を放出し、見えない盾となってギースを守る。——見ろ」

顎でヴェネは火球を指した。

巨大な火球は、回転しながら縮小していく。アマテラスは、自分で生み出したものであっても近づけないのか、それとも勝利を確信しているのか、その場から動かず、ただ、上げていた前肢を下ろした。

振動で空母が僅かに傾くのを感じながら、リンドウは火球が消えるのを見た。

そしてそこに、

「生きてる、のか……?」

剣にすがりつくようにして座り込んだギースの姿を見た。

服が煤《すす》けている。遠すぎてよくわからないが、肌も炭化《たんか》をしているように見えた。死んでいて当然の姿だった。

「大丈夫」

そう、マルグリットは言った。

だが、その声は確信には程遠く、ほとんど願いだと思えた。それが証《あかし》に、彼女の組み合わされた手は、白く、蠟《ろう》のようだった。

だが――

「マジかよ……」

リンドウは、消《け》し炭《ずみ》のような姿のギースが立ち上がるのを見た。遠すぎて表情までは見えなかったが、彼は間違いなく、生きていた。

☆

(ってえ……)

炭化した皮膚が剝がれ落ちる感覚は、いつまで経《た》っても慣れない。

体内のオラクル細胞のおかげで新陳代謝が極限まで活性化されるため、簡単な傷ならば、あっという間に治る。

だからと言って、痛みがないわけではない。当たり前のように痛む。ゴッドイーターの中には、その痛みに精神が耐えられずに、ショック死する者がいると聞いたことがあった。

(俺は……違うけどなっ！)

無理やりに立ち上がると、再生したばかりの皮膚が引《ひ》き攣《つ》れた。

だが、構わず動く。

まったく、やってくれた。こんな風に焼かれたのは久しぶりのことだった。この借りは、倍に――否、数倍にして返さなければ気がすまなかった。

「なめてんじゃねえぞおおおおっ！」

咆哮《ほうこう》しつつ、ギースは神蝕甲イチキシを格納《かくのう》し、アマテラス目掛けて走った。

ばちっ、と弾けるような音がして、アマテラスの前方に、六つの火球が出現する。だが、大きくはならなかった。むしろ縮む。縮みながら赤から白へと輝きを増す。

一斉に、火球から光が奔《ほとばし》った。

光は互いに交差し、網目を形成しながら向かってくる。

だが、ギースは止まらなかった。むしろ速度を上げてレーザー網に向かって跳び、体をねじりながらその網の目を、するり、とすり抜けた。

「ぶっ飛ばすっ！」

一回転して立ち上がり、一気にアマテラスの懐《ふところ》に飛び込む。アマテラスは巨体ゆえに自分の体の下は見えない。ギースは跳び上がりながら、最初に傷をつけた前肢に再びタキリを振るった。

最初の傷と合わせて、ギースはその前肢を切断した。

悲鳴のような咆哮が上がり、巨体が揺らぐ。

だが、それだけだった。まだ足りない。全然足りない。反対側に回り、別の前肢の、今度は爪《つめ》のすぐ上辺りを斬った。アマテラスは悶《もだ》えながらその足をバラし、闇雲《やみくも》に振るう。しかしそんなものが当たるわけもなかった。ぎりぎりでかわしながら、斬り落とす。

「……ははっ！　はははははっ！」

ようやく楽しくなってきた。

「気持ちよくなってきたあっ！」

ギースは、残った二本の前肢の内の一本を、思い切り蹴った。一瞬、強い抵抗を感じたが、次の瞬間、その足はまるで大砲の一撃を喰らったかのように、ねじれて跳ね上がった。

巨体のバランスが崩れる。

ギースは素早くアマテラスの体の下から抜け出した。

そこへ、巨体が崩れ落ちてくる。

気持ちの悪いほど大きな乳房が、自重で潰《つぶ》れた。

ふっ、とギースは息を吐いた。

目の前に女がいる。

瞼を閉じ、壁に塗り込められたかのような女だった。だが、本物ではなかった。人間ではなかった。少なくとも、ギースにはそう見え、ゆえに遠慮をしなかった。

「だあっ！」

ギースは体を捻り、神蝕剣タキリをほとんど背負い投げるように一閃《いっせん》した。

刀身はアマテラスの角から女神像を、右袈裟《みぎけさ》に深々と斬った。

ぱきん、と乾いた音がして、ギースは一瞬、タキリが砕けたのかと肝《きも》を冷やしたが、壊れたのは女神像の方だった。

像には大きくヒビが入ってずれ、その下の肉が覗いた。そこへタキリの切先をねじ込み、思い切り捻る。像は粉々に砕け、血を噴き出しながらアマテラスはのけぞった。

「せーのっ！」

その剝《む》き出《だ》しになった腹を、ギースは思い切り蹴った。ブーツの底がめり込む。膝が軋《きし》む。だが、前肢の時と同じく強い抵抗の後、アマテラスは弾かれたように仰向《あおむ》けに倒れた。

「ははっ！」

ギースはその腹の上に飛び乗ると、神機を捕喰形態へと変化させた。オラクル細胞が滲み出し、アラガミの顔のような形態になる。

「さあ、喰え！」

アマテラスの喉《のど》を目掛けて神機を突き出す。

巨大な口は、肉食獣が獲物にとどめを刺す時のように喉笛《のどぶえ》に喰らいつき、その肉を深く抉った。

結合を解かれたオラクル細胞が吸われるように神機へ取り込まれるのがわかる。

それは、鳥肌が立つほどの快感だった。

満腹、という表現が正しいかはわからなかったが、ギースは神機が満足したと感じると、後ろへ宙返りをしてアマテラスの腹から降りた。

だが、まだ終わってはいない。

まだ、こいつは動く。

アマテラスは巨体を揺すって体を返した。千切れかけた前肢が地面にめり込む。下敷きにならないように後ろに下がったギースは、足もとに奇妙な熱を感じた。

(あっ!)

と思った時には遅かった。

「ぎゃぅ!」

咄嗟《とっさ》に横に飛んだが、地面から噴き出した炎に足を焼かれていた。ブーツはほとんど瞬時に融《と》けた。骨まで焼けたような痛みだった。

だが、それは一瞬だった。その後は、何の感覚もなかった。なくなったのか、と凄《すさ》まじい恐怖に襲われて、ギースは足を見た。

ついていた、まだ。

『——安心しろ』

首のニーベルング・リングからそうイクスの声がした。

『——脳が、痛みを遮断《しゃだん》しただけだ』

だが、ギースはその意味をほとんど理解できなかった。

頭の中には、ただ、怒りだけがあった。爆発して粉々になってしまうのじゃないか、と思うほどの怒りに、ただ震えていた。

『——あと一息だ。さあ、とどめを刺せ』

ギースは吼《ほ》え、アマテラスに躍りかかった——

☆

マルグリットが思わず立ち上がり、悲鳴のような声を上げたのも無理はない、とリンドウは思った。

それほどに、ギースの戦い方は凄まじかった。

虐殺《ぎゃくさつ》、と言っても過言ではない。

明らかに逃げようとするアマテラスを、文字通り、彼はなぶり殺しにした。六肢を切断し、ほとんど解体した。

そうして、まったく動かなくなったアマテラスをさらに切り刻んだ。捕喰することすら忘れたかのようにバラバラにした。

「ギース！」

ヴェネがマイクに向かい、珍しく声を荒らげた。

「何をしている！　そいつはもう抵抗できない！　捕喰しろ！」

だが、ギースは従わなかった。聞こえていないか、聞こえていても理解できていないのではないだろうか、とリンドウは思った。

そうしたことはままある。

戦闘不能になったアラガミにいつまでも剣を振り下ろしたり、銃を撃ち続けるというのは、新人のゴッドイーターには珍しくない。

（だが、ギースはルーキーじゃない……）

リンドウは目を眇め、少年をよくよく観察した。

彼の持つ神蝕剣タキリがアマテラスのコアを砕いたようだった。

ぶわ、と羽虫が一斉に飛び立つように、解体されたアマテラスのすべての肉体が一気に崩壊し、アラガミ細胞は霧散《むさん》した。

「ギースッ!!」

ヴェネの声にようやく、ギースは反応した。びくん、と遠目からでもはっきりとわかるほど体を震わせ、だらりと剣を下ろした。

『あ、あれ……』

ざらついた声が、スピーカーから聞こえた。

『俺、いったい……あれ……？』

本当に、自分が何をやったのかわかっていない様子だった。

ヴェネはため息をついた。それは、諦《あきら》めか、安堵《あんど》か。その両方かもしれない。

「……もういい。よくやった。戻って来い」

『う、ん……』

もう一度ため息をつき、ヴェネはドライバーズシートに疲れたように背中を預けた。

「なあ」

まだ呆然《ぼうぜん》としているギースを見ながら、リンドウは言った。

「こういうことはよくあるのか？」

「……いや」

ヴェネは首を振った。

「昔、初めてオウガテイルを狩ったとき以来だ。あの時は、全弾を撃ち尽くしてもまだ引き金を引いていたが……これは、それと同じなのか？」

「どうかね。しかしあんなアラガミと一人でやらなくちゃならないんだ。タガが外れてもおかしくはないだろう」

「そう——」

と言いかけたヴェネが、突然、背もたれから体を引き剝がし、リンドウはぎょっとした。彼の隣で目の下に隈《くま》を浮かせていたマルグリットも、びくっと体を震わせたほどだった。

「なん、だ……」

ヴェネは、フロントガラスの遥《はる》か向こうを凝視し、自分のズボンの腿のところを引き攣れるほどに強くつかんだ。

リンドウは双眼鏡をつかみ、ヴェネの視線を追った。だが、何も見えなかった。何も見つけることができなかった。

(何だ!? 何を見てる!?)

☆

「……ギイ、ス……」

びくっと背筋が伸び、戻ってきた足の痛みも忘れて、ギースは振り返った。

(今、誰か呼んだ……?)

だが、誰もいなかった。目の前に広がるのは、ただ廃墟《はいきょ》ばかりで、生物は鳥一羽たりとも存在してはおらず、ぞっとするほど静かだった。

(やっぱり、気のせいか……)

ギースはため息をついた。

せっかくアマテラスを倒したのに、素材を回収し損ねたのだ。イクスに何を言われるかわかったものではない。

逃げたい、と思いながら、ふと神機に視線を落としたギースは、神蝕剣タキリがおかしいことに気付いた。

赤い。

刀身が血に濡れたように赤かった。

(……アマテラスの返り血……?)

ギースは掌で刃を擦《こす》った。だが、少しも落ちなかった。血ではない。刀身そのものの色が変化したのだ。

(けど、なんで……)

わからなかった。自分で使っていながら、神機についてはアラガミを殺す道具、という以上の認識はないギースだった。マルグリットがいるのだから、と整備はなにから何まで彼女に任せきりだった。

(早く帰って、マリーに見せよう!)

もしも壊したのだとしたら、めちゃくちゃ怒られる。それに——もしも壊れたのが神機のメインユニットだとしたら、ゴッドイーターでいられなくなってしまう! 刀身や銃身はいくらでも交換がきくが、メインユニットはそうはいかないのだ。

ギースは歩き出そうとし、

「……ギイィィイス……」

風が軋るような、そんな呼び声を再び聞き、素早く振り返った。

「!」

それは、本当に一瞬だった。一瞬で消えてしまった。

だが——確かに見た。

崩れかけた建物の陰から、自分をじっと見ていた輝く瞳を。巨大な仮面を。見紛《みまご》うはずもない、アラガミのその顔を。

「……スサノオ……?」

確かに、そうだった。

だが、違うとも思えた。色が——それが、違った。

それとも、この夕陽のせいだったのだろうか?

消えたスサノオが、まるで、太陽のように黄金の輝きを放っていたのは。

☆

（ふふ、いいぞ……）

多数のモニターのバックライトのぼんやりとした明かりの中で、イクスは、カーゴのアンテナが同時に捉えた偏食場パルスに食い入るように見入った。

（役者は揃った。さあて――）

# 4

刀身が赤く変色した神蝕剣《しんしょくけん》タキリを、特殊手袋を嵌めたマルグリットは、偏食因子《へんしょくいんし》を塗布《とふ》した小型のハンマーで叩いた。

コォォォン、と澄んだ音が車内に響く。

ハンマーの柄《え》は測定器に繋がっていて、ディスプレイに、ギースにはよくわからない数字が羅列《られつ》された。

それを見て、

「うーん……」

マルグリットは首を傾げた。

「ど、どうなんだよ、マリー……？」

後ろから覗き込むことしかできないギースは、おろおろと訊いた。

うろたえているのを隠している余裕もなかった。タキリは自分の唯一のソードフォームなのだ。他の刀身を装着《そうちゃく》できないではないが、極東支部で手に入るものは、どれもタキリの足元にも及ばない。

マルグリットはハンマーを置くと、ギースたちを振り返った。

「どうしてなのかはわからないけど、刀身に使ってるスサノオ素材の、硬度、密度が上がってる」

「え？　ど、どういうこと？」

「簡単に言っちゃえば、前よりも斬れるようになったっていうこと。……こんなの初めて。ねえ。ギースはアマテラスから素材を捕喰《ほしょく》してないよね？」

「わ、わかんねえ……」

本当だった。よく憶えていないのだ。もしかしたらしていたかもしれないが、記憶は断片的で曖昧《あいまい》だった。

「……じゃあ捕喰したのかな……。でも、それにしてもそれだけで、こんな変化が起こるものなのかな……」

「わ、わかんねーよ……」

ギースは少し情けない気分になった。自分の武器なのに、何一つはっきりと言うことができない。変だ、と言うこと以外は、何一つ。

「──捕喰したのだよ」

聞いていたのだろう。扉がスライドして現れたイクスは、妙に機嫌のいい様子で言った。

「ゴッドイーターが制御《せいぎょ》していれば、神機は捕喰した素材を吐き出すが、そうでなければ、融合《ゆうごう》、吸収してしまう。君が恐怖に我を忘れ、半ば暴走状態になった神機は、勝手に素材を吸収し、進化したのだ」

「進化!?」

「何を驚くことがある？　アラガミが他を吸収してその形質を獲得しながら進化しているのは周知の事実だろう？　神機に押し込めてあるアラガミもアラガミには違いない。ならば、無制御下で捕喰を行えば進化もする。しかし——」

イクスは神蝕剣タキリを惚《ほ》れ惚《ぼ》れしたような目で見た。

「さすがはスサノオ素材で造った神機だ。アマテラスの形質を呑み込んで、自らのものにしたようだな。おそらく銃身も強化されているはずだ。これまで以上にバレットの射出能力も高まっているだろう」

「そ、そっか……」

ギースは、肩の力が抜けるのがわかった。よかった。壊れたわけではなかったのだ。それどころか、より強力になったというのは幸運だった。

「本当にそうか？」

冷えた声でヴェネが言って、ギースはぎくりとした。

「え、なんで……？」

ギースは自分のことを言われたのだと思ったが、ヴェネは彼を見ていなかった。ヴェネが睨《にら》みつけていたのは、イクスだった。

イクスは不敵な笑みを浮かべて、

「どういうことかな？」

と僅かに首を傾げた。

「確かにタキリが強化されたのは幸運だったかもしれない。だが、それをギースが許したのは問題だろう。たまたまギースに向かわなかったが、暴走した神機は、その使用者に牙《きば》を剝《む》くことの方が多い。ギースが神機の暴走を許した原因がわからなかったら、次の出撃はありえない」

「原因ならわかっているよ」

イクスは芝居がかった仕草で両手を広げた。

「恐怖だ。極東の太陽神の名を冠《かん》せられるほどのアラガミと、事前の情報がほとんどない状態で一人で立ち向かったのだぞ？　君もゴッドイーターだったのなら、それがどれほど勇気の要《い》ることか、精神をすり減らすことか、わかるだろう？」

「それが原因だっていうのか？」

「その通り」

イクスは、Vサインのように指を立てた。

「二つだ。恐怖により精神の平衡《へいこう》を失った人間の行動は、大きく二つに分けられる。動けなくなるか。それとも暴れるか。――そうではないか？　ミスター・アマミヤ」

突然に話題を振られ、リンドウは、俺？　というように自分を指差した。

「多くのゴッドイーターを監督してきた君になら、私の言っていることの正しさがわかるだろう？」

「あー……まあ、そういうやつも、いなくはないが——」

「僕の意見は違う」

ヴェネは、リンドウの言葉を遮《さえぎ》った。

「ドクター。あんたの作ったニーベルング・リング——本当に大丈夫なのか？」

ギースはぎくりとして、首に手をやった。冷たい金属の感触が指に触れる。ヴェネの手が伸びてそれをつかみ、ギースはよろけた。

「こいつがパニックを起こしたみたいになったのは、恐怖なんかじゃなく、あんたの作ったこれがアマテラスの偏食場パルスを相殺《そうさい》し切れなかったからじゃないのか？」

「それはない」

イクスは不敵に笑った。

ギースはほっとしたが、それも一瞬だった。

「——と、断言するほど私は愚かではない」

「えっ⁉」

「なるほど。アマテラスは初めて出会う禁忌種だった。ニーベルング・リングは広域帯で偏食場パルスに対応するように調整してあるが、調べて再調整することにしよう。ただしかし、そうなると今後も、新種の禁忌種に遭遇した場合は、今度のようなことが起こる可能性があるということになる。ふむ。マルグリット・クラヴェリの神機も早急《さっきゅう》に見つけなくてはな」

急に名前が出たことに驚いたように、マルグリットは目を瞬《またた》いた。その目が、どこか嬉しそうであったことにギースは焦《あせ》り、

「必要ねーよ！」

まだ首輪にかかったままだったヴェネの手を振り払うと、イクスを睨んだ。

「どんなアラガミが来たって、俺一人でぶっ倒してやるから、よけいなことすんな！」

「君が、彼女を危険に晒《さら》したくはない気持ちはわかるがね」

く、とイクスが喉《のど》の奥で笑い、ギースは顔に血が上《のぼ》るのを感じた。

「しかし、アーサソールは君の自己満足を満たすためにあるわけではない。忘れているようだから言うが、彼女は正規の整備士ではないのだよ」

「だけどっ！」

「――あー、話の途中ですまないんだが」

本当にすまなさそうにリンドウが手を上げた。

「そろそろ戻らないか？　じきに陽も暮れるだろ？　腹が減ったんだよなあ」

「あんたは――」

ヴェネが何かを言いかけ、しかし、毒気を抜かれたかのようにため息をつき、マルグ

リットとギースも噴き出しそうになった。

それを見て、リンドウは、人懐っこい笑顔を浮かべた。だが。

「ああ、それとドクター」

同じ笑顔なのに、彼に向けたそれはどこか挑むようだ、とギースは思った。

「あんた、いま認めたんだよな？　ニーベルング・リングが万能《ばんのう》じゃないって」

「ああ」

リンドウは、ううん、と唸った。

「となると……俺はこのことを上に報告しなくちゃならない。戦闘の様子も含めて、だ」

ギースは、イクスの顔に感情らしきものが浮かぶのを初めて見た。焦り、だろうか。

そんな感じの、しまった、という顔だった。

「おそらく支部長は、ギースの精密検査を要求するだろうな。おっと。俺は反対には回らないぜ？　そこは期待しないでもらいたいね」

そう言って、リンドウはギースを見た。

「あれがパニックだったにしろ、ニーベルング・リングがアマテラスのパルスを受け切れなかったにしろ、あれだけの無茶をやったんだ。榊《さかき》のおっさんのメディカルチェックは受けた方がいいぜ？　彼はちょっと変わっているが、オラクル細胞に関する研究では、フェンリルでもトップクラスだからな」

ぎり、とイクスが歯噛みをした。

「……それは認められない」

「支部長にそう言ってくれ。俺に裁量権はないんでね」

どこか演技じみた仕草で、リンドウは肩を竦《すく》めた。

☆

巨大な、狼《おおかみ》の首を模したフェンリルの紋章《もんしょう》の下で、革張りの椅子に体を預けたシックザールの目は、ガラスで出来ているかのように、何の感情も窺《うかが》わせず、ひたりとイクスに据《す》えられて離れなかった。

「リンドウから話は聞いた」

イクスは、ごくりと唾《つば》を飲み込んだ。この前会った時とは、まるで威圧感が違う。あの時は猫を被っていたということだろうか。イクスは、ただの人間と対していて、初めて恐怖を感じていた。

なるほど、さすがは本部が『気をつけろ』と言うだけのことはある。内偵は命じられていないが、そうした動きを見せればたちまち行方不明《ゆくえふめい》になると思えた。

「ギース・クリムゾンが暴走状態に陥ったそうだな」

「いえ、まさか」

なるたけ平静を装い、イクスは笑みを浮かべた。

部屋の中には他に、壁際にドクター・榊と、うしろにリンドウが立っていた。これはまるで審問《しんもん》だ。否。秘密裁判と言った方がいいかもしれない。

なんとかして切り抜けなくてはならなかった。ようやく、アーサソール計画に光が見えたのだ。ここで邪魔をされるわけにはいかなかった。

「ギースはパニックを起こしただけにすぎませんよ。よくあることです。ましてや相手は未知の禁忌種。それを一人で狩っているんです。無理もない。ゴッドイーターにそうしたパニックが起こることは、通常種においてもあるのでは？」

シックザールの目がリンドウを見るのがわかった。

「そうなのか？」

「ええ、まあ。そういうこともありますよ」

彼はそう言ったが、イクスは少しも気を抜かなかった。おそらくは、しかし、と続く。

「しかし――」

やはり、と思いつつ、イクスは平静を保つよう心がけた。

背中で、リンドウは続ける。

「そいつは主に新人の話でしてね。ギースの戦績を見る限り、もうりっぱなベテランだ」

「だが」とイクスは反論した。「どんなベテランでも、あれほどのアラガミを前にすれば、多少は萎縮《いしゅく》しないかね？　君もアマテラスをその目で見ただろう？　古き神々の名を冠せられる禁忌種は、通常のアラガミとは違う。堕天種すら子供のようなものだ。禁忌種が発する偏食場は通常のアラガミとは桁《けた》が違う。それはゴッドイーターの体内のオラクル細胞にまで影響を与えるほど強い。禁忌種と戦うアーサソールは、同時にその影響とも戦っている」

「それを防ぐ手段を、君のゴッドイーターは講じられていたはずだが？」

シックザールの問いに、イクスは何とか笑みを浮かべた。

「もちろんです。ですが、ミスター・アマミヤにはすでに説明しましたが、ニーベルング・リングは汎用性《はんようせい》を持たせてあるがゆえに、いまだ完璧ではありません。いいえ、完璧にはならない。それは不可能なのです」

「それは自分の限界を認めるということかね？」

「とんでもない！」

イクスは、調子が戻ってきたことを感じた。乗り切れそうな気がしてきた。

「支部長もご存知のように、アラガミは進化します。堕天し、禁忌種へと変化する。あの連中への対応は、後手《ごて》にならざるを得ない。ですが、予測は立てられる。ニーベルング・リングは、堕天種の固有パルスを参考に、連中が進化した場合に発する可能性の偏食場パルス帯域を想定し、調整を行っています。ですが、予測は予測に過ぎません。今度の戦闘でアマテラスには完璧に対応できますが、新たな禁忌種が現れた時にはその都度《つど》、再調整をしていく以外に、完璧な対処は不可能なのです！」

シックザールは短く沈思し、それからドクター・榊を見た。

「君の見解は？」

サカキは首を竦めると、にんまりとした笑みを浮かべた。

「ドクター・イクスの言う通りにあの首輪が『禁忌種の偏食場を相殺する』っていうなら、そうなんじゃないの？　まあ、でもねえ、それならそれで余計に、ちゃあんとこっちでも、ギース君の体調とか、いろいろ把握しておいた方がいいよねえ」

イクスは、榊を睨むように見た。だがこの男は、シックザールに輪をかけてわかりにくかった。表情も、性格も、格好も。

「禁忌種はさ、ゴッドイーターが触れてはならない存在なんだ。その禁を破っている人間を支部に入れれば、間接的にアナグラのゴッドイーターもその禁を破ることになるとは思わない？　だったらせめて情報くらいは、こっちでも管理しないと。そうだろう？」

シックザールは、ああ、と呟いた。

（くそっ……やはり、避けられないか……）

イクスは顔には出さず、歯嚙みをした。だがアーサソールは本部の直轄部隊だ。いくら極東支部長といえども指揮系統が異なる以上、命令はできない。

しかし、この男は許可を取るだろう、とイクスは予測した。

本部は決して一枚岩ではない。シックザール肝煎《きもい》りの連中や、彼の傀儡《かいらい》であるロシア支部から流れてくる連中が、力を伸ばしてきていることは、周知の事実だった。

でなければエイジス計画があるとはいえ、貴重な新型神機が二機もこの世界の果てに回されるはずはなかった。

では、とイクスは極めて落ち着き払って、それを装って、言った。

「ギース・クリムゾンに、メディカルチェックを受けさせろと？」

「そうだ」

「では、われわれは極東支部から退去いたしましょう。それで問題は解決です」

「脅しかね？」

微かに笑みを浮かべたシックザールに、イクスは首を振った。

「まさか」

「残念だが、君の提案には何の効力もない。君たちが申請した物資は搬入前だ。君たちは、補給をせずに出て行けるのかね？　食糧も、燃料も、P53偏食因子のアンプルも、残りは僅かなのだろう？　他の支部にたどり着く前に、君たちは飢えて死ぬか、アラガミに喰われるかだと思うが？」

「……さすがにわかっていらっしゃる」

　イクスは苦々しく笑みを浮かべた。

　残念ながら、シックザールの言う通りだった。おそらくこうしたことを見越して、ぎりぎりまで搬入するつもりはなかったのだろう。

「いいでしょう」

　ここいらが潮時だった。

「ですが、それならば本部の許可を取っていただきたい。私はアーサソールの監理官ではありますが、その許可を出す権限はありませんから」

「無論、そうしよう」

　イクスは頷いた。そうするしかなかった。

（……しかたない。多少強引にでも、時計の針を進めるしかないな。ギースの体を調べても、その時には針を戻せないくらいに）

　その時、シックザールの執務机《しつむ》の電話がけたたましい音を立てた。

　緊迫した空気は破れた。

嘆息し、シックザールは電話に出、途端、眉間《みけん》に皺が寄った。こめかみが、ぴく、と引《ひ》き攣《つ》ったのを見て、イクスは、

（なにかあったな）

と見た。この男が、急な知らせとはいえ、このように感情を見せるのは、相当なことが起きた証拠だった。だが、自分から話を振るような真似《まね》はしない。イクスは、シックザールが受話器を置いても黙って様子を窺った。

「――どうしたの？」

軽い調子で切り出したのは、榊だった。

シックザールは、もう一度小さく嘆息すると、いや、と呟き、何か考え込んだ。

その時、イクスはポケットで小型の観測機が震えるのを感じて取り出し、眉を跳ね上げた。何という神の采配《さいはい》か、と歓喜した。

「どうしました？」

と問うた榊にイクスは、

「新たな禁忌種が出現したようです。エイジス島からここへ向かって移動してきている。我々は直《ただ》ちに討伐《とうばつ》に向かいます」

「まて！　あれは禁忌種では――」

イクスは眉を顰《ひそ》めた。

(今のはどう言う意味だ？)

強烈な疑問が胸に渦巻《うずま》いたが、それを追及するのは後にしなければならなかった。絶好の機会が目の前に迫ってきているのだ。

「……いや、なんでもない」

シックザールはそう言ったが、組み合わせた手は血の気《け》を失い、やけに白かった。

「では、アーサソール、出撃いたします」

イクスはわざとらしいほど深く頭を下げ、伏せた顔に隠しきれない笑みを浮かべた。

☆

イクスが退出した執務室で、シックザールは砕けそうなほどに強く、奥歯を噛み締めていた。

そうしていなければ、怒鳴り散らし、電話機を叩き壊してしまいそうだった。

(何てことだ！)

ありえないこと、あってはならないことだった——よりにもよってこの時期に。

アーク計画の要《かなめ》であるアルダノーヴァのためのコアユニットのプロトタイプ——ツクヨミが拘束《こうそく》を解いて逃亡するとは！

シックザールは目を閉じると、深く深く深呼吸をした。そうして、その表情から再び感情が消えると、静かに椅子に体を預け、天井を見上げた。

しかし。

(……時間が惜しいというのに)

再び、眉間に皺が刻まれるのを、シックザールはどうすることもできなかった。

(……エイジス計画は、これ以上、遅延させることはできない。本部を欺《あざむ》ける時間も限られているのだ。なのに!)

「ねえ、支部長?」

相変わらず壁に寄りかかったままの格好で、榊が言うのが聞こえた。

「どうかしたのかい? いつになく険しい顔をしているけど」

シックザールは椅子から背を引き剝がすと、机に両肘を突き、顔の前で手を組み合わせた。

「……いや、なんでもない。やけに禁忌種が多いと思ってね。それがエイジス計画に影響を与えないといいと思っただけだ」

「そうだねえ」

榊は表情を隠すかのように、眼鏡《めがね》を押さえた。

「で、どうするのかな?」

彼はすべてを見抜いているような、どこか意地の悪そうな笑みを、薄い唇に浮かべた。

「……いつもどおりだよ」

シックザールは感情を露《あらわ》にしたことを恥じた。こんなことではとても計画を完遂することなど出来ない。

ゆっくりと息を吐き、そして言った。

「――リンドウ君、わかっているね?」

☆

イクスがヴェネを見つけたのは、地下の駐車場だった。グレイヴの整備もマルグリットの担当だが、ヴェネはいつも自分でチェックを行う。

とはいえ、部屋にいなければここにしか来る場所はなかった。ギースは部屋で腐《くさ》っていたからいいのだが、マルグリットがいたら厄介《やっかい》だった。

しかし、ヴェネは一人だった。

イクスはポケットから圧着式の注射器を取り出し、キャップを外した。首に当て、一押しすれば、一瞬で昏倒《こんとう》させることが可能だった。

注射器を持った手を後ろに隠し、イクスはそろりと近づいていった。

ヴェネは、引退したとはいえ、元ゴッドイーターである。まともにやりあえばたちまち組み伏せられてしまうのは目に見えている。

だが――手の届く前に気付かれてしまった。勘《かん》は鈍《にぶ》ってはいないようだ。しかし、イクスは少しも焦《あせ》らなかった。そうなるだろう、と予想はしていた。

「ヴェネ、出撃だ」

怪訝《けげん》な顔をして、ヴェネは立ち上がった。どういうことだ、とその目は言っている。

「禁忌種を見つけた。どうやら新種のようだ」

「また？」

「そのようだ。極東支部の周辺は、新型を二台必要とするほどアラガミが多い。それだけ進化も頻繁で、新種も現れやすいということだ」

ヴェネは、ため息をついた。

「仕方がない……わかった、皆を呼んでくる」

「急いでな」

手を上げて答えに代え、ヴェネはイクスとすれ違った。その瞬間を、イクスは見逃さなかった。素早く振り返り、無防備なその首筋に注射器を押し当てた。

ぷしゅ、と空気の抜けるような音がし、

「う」

とヴェネは小さく呻《うめ》くと、振り返る時間もなく、その場に崩れた。

冷たい床に倒れるヴェネを見ながら、イクスは酷薄《こくはく》に微笑んだ。

「おやすみ、ヴェネ・レフィカル。連中に別れを言う時間を与えてやれないことを、心から申し訳なく思うよ」

☆

「また、ですか……？」

ギースが言うよりも早くマルグリットが先に、イクスに対してそう口を開いた。

だが、ギースは正直、イクスの訪問をありがたく思った。いつもはヴェネがいるからそうでもないのだが、こうして慣れない場所で二人きりになると何故か緊張してしまって、マルグリットもどうしてか無口になりがちだった。

とはいえ、正直、今は体を休めたかった。アマテラスとの戦いは、まだ、体の芯《しん》に重く残っており、神機を握るのも億劫《おっくう》だった。

「でも、ギースの検査だってまだちゃんとしてないんですよ？」

「簡易検査でのデータを見る限り、問題はない。単なる疲労と、あとは偏食因子の血中濃度が下がっているから、補充を行えば倦怠感《けんたいかん》や疲労感も消えるだろう」

イクスはそう言うと、ポケットから圧着式の注射器をとりだし、キャップを外した。

「腕を出したまえ」

言われるまま、ギースは腕を出した。ひた、と注射器が押し当てられ、軽い痛みのあとにじわりとした痺《しび》れが広がり、そして消えていった。

倦怠感が消えていくのがわかる。疲労も。指にもあまり力が入らなかったのが嘘のようだ。今ならリンゴも軽く握りつぶせる気がする。

「行けるな?」

イクスの言葉に、ギースは頷いた。

「ヴェネは?」

「それは私が訊きたいね。あいつはどこに行ったんだ?」

ギースはマルグリットを見た。

「グレイヴじゃないかな。他に気晴《きば》らしができるような場所もないし」

「ふむ」

「で?」

とギースは手の感触を確かめながら訊いた。

「こんどの禁忌種は何? スサノオ? それともアマテラス? もしかして二種のゼウスとか?」

「新種だ」

「またですか？」

驚いたようにマルグリットが言うのに、イクスはいやらしく笑った。

「ああ。ここはまるでアラガミの進化の見本市だな。アマテラスのような遭遇報告もない、まったく未知の新種だ。いったいどんなアラガミが出てくるのか、楽しみだ」

「じ、冗談じゃないですよ！っ」

マルグリットは珍しく眉を吊り上げて怒鳴った。犬の耳の様に見えるフードが跳ねる。

「アマテラスでさえ、あれだけ大変だったんですよ!?　それなのにまったく未知の新種だなんて！　ギースはそれじゃあどうやって戦えばいいんですか!?」

「いつものようにだ」

冷徹に言って、イクスはギースを見た。

「どのみち君は神蝕剣タキリ――進化したからタキリ改かな？――それ以外の武器を持たないのだ。弱属性を知ったところで大した意味はない」

「意味はあります！」

マルグリットは引き下がらなかった。

「バレットは属性に大きく左右されます。より効果的なモジュールを組むには、事前の情報が欠かせません！」

「いいよ、マリー」

ギースはイクスを見ながら言った。

「こいつの言う通り、戦ってみればわかる。新種でも、そうでなくても、俺のやることは変わらないさ！　とっとと済ませて、ヴェネと三人でアナグラの食堂にでもいこうぜ！」

「でも――」

まだ心配そうなマルグリットに、ギースは笑いかけた。

「大丈夫だって！　疲れだって全然感じないし、どんなのが来ても勝てるって！」

マルグリットは、まるで代わりのようにどこか疲れた感じで微笑んだ。納得したわけではなさそうだったが、もう反対はしないだろう、とギースにはわかった。

「――いいかい？」

扉の向こうから、ノックと共にそうリンドウの声がした。

ああ、とイクスが答えると、まるで自分の部屋であるかのような遠慮のなさで、彼は中に入ってきて、辺りをぐるりと見回した。

「隊長さんは？」

「きっとグレイヴだよ！」

とギースは答えた。

「ヴェネはいつだって戦いに出られるよう臨戦態勢なんだ！　心はいまもゴッドイーターだからな！」

「ゴッドイーターってのは、引退しても元気な奴ばっかりらしいな」

リンドウの返事はどこか馬鹿にしているような感じにギースに聞こえてしまい、どうしようもなく頭に血が上るのがわかった。

（殴る！）

そう決めた。ギースは立ち上がると、拳《こぶし》を握り締めた。

だが、それは果たせなかった。

「ギース！」

一歩踏み出した瞬間、ギースはマルグリットに真正面から、まるで抱きつかれるように、それを止められていた。

怒りとは別の理由で、ギースは頭に血が上るのがわかった。

「マ、マリー⁉」

だが、マルグリットはギースは見ず、リンドウを睨みつけた。

「そんな言い方はやめてください！」

リンドウは一瞬驚いた表情をしたが、すぐに真面目《まじめ》な顔になって、

「いや、すまない」

と頭を下げた。

「そんなつもりはなかったんだけどな。ちょっと身内のことを思い出しちまってな。申し訳ない」

素直に謝られてしまったからか、今度はマルグリットの方が戸惑《とまど》った様子だった。

だが、ギースはそれに輪をかけて戸惑っていた。

マルグリットとこんなにも傍で、こんなにも長く、体を寄せていたことなど、スラムをでてからはなかった。

体温がダイレクトに伝わってくる。

それに、すごくいい匂いだった。普段は機械油の臭いに隠れてしまっているそれが、はっきりと感じられて、心臓がひどく高鳴った。

「い、行こうぜ！」

言いながら、ギースはマルグリットを押しやるようにした。恥ずかしい。声が完全に裏返ってしまった。

マルグリットは不思議そうな顔をした。どうしたの？　と訊きたげな顔だった。

（言えるか！）

イクスとリンドウの間を、ギースは乱暴にすり抜けた。言えるはずもなかった。マルグリットに、自分の鼓動《こどう》を聞かれたくなかったからだ、などとは。

5

「……ヴェネ、どうしたんだろう……」

グレイヴのソファーに座って膝《ひざ》を抱えるようにしながら、ギースは、もう何度目かも忘れた問いを口にしていた。

結局、駐車場にもヴェネの姿はなかった。作業をしていたらしい痕跡《こんせき》はあったが、それだけだったのだ。周囲を探したが見つからず、彼抜きでの出撃などありえなかったが、イクスが構わないという以上、それでも出発する以外、ギースたちに選択肢《せんたくし》はなかった。

運転席には、マルグリットが座っていた。

リンドウが代わりを申し出てくれたのだが、彼女は頑《がん》としてそれを拒否した。グレイヴを他の人間に任せたくない、という気持ちは、ギースも同感だった。

だが、ヴェネが姿を消した理由だけは、どうしてもわからなかった。ほんの数時間前まで、まったく普通に話もしていたし、態度に変わった様子もなかったのだ。

「ギース」

助手席に座ったリンドウの声に、ギースは顔を上げた。

フロントガラスの向こうに、廃墟《はいきょ》が見えた。

車は、アナグラの東に広がる平原を目指していた。新種の禁忌アラガミは、何故か真《ま》っ直《す》ぐにアナグラを目指しているらしく、平原で迎え撃つことになったのだった。

「そろそろ着くぞ。心配なのはわかるが、気持ちを切り替えろ。他に気を取られていると足元をすくわれるぞ。何しろ、相手は新種――」

『――ツクヨミだ』

スピーカーからそう、イクスの声がした。

『――本部よりそう命名したと連絡が入った。スサノオやアマテラスと同じく、この地域の古い神の名だそうだ。月齢《げつれい》を支配する神の様だな』

由来《ゆらい》はどうでも良かったが、響きが綺麗《きれい》だな、とギースは思った。

『――じきに見えるぞ』

イクスの言葉に、マルグリットは車を停めた。

ギースはソファーを立ち上がると運転席へ行き、消えることのない黒い竜巻が大地の亀裂《きれつ》から立ち昇る平原に、目を凝らした。

「……いた！」

「え、どこ!?　どこにいるの!?」

「右の高いビルの廃墟の上！」

ギースが指した方向に、マルグリットとリンドウは双眼鏡を向けた。え、という声が二人の口から漏れる。

気持ちはわかった。ツクヨミと名付けられたそれは、およそ、これまでのアラガミとは、様子が、姿が違っていた。

まるで、人——人間だった。

だが、巨人だ。

ビルとの対比から予測される身長は、三メートル近い。

全身を黒いラバースーツのようなもので包んで、腕や足からは何本も、オレンジ色の液体の入ったシリンダーのようなものが飛び出している。

斜めに放射状に広がる髪は、長い板を何枚も重ねたようで、頭の後ろに金環食《きんかんしょく》の輝きのような巨大なリングが二つ、重なって浮いていた。

手首から先は巨大なナイフのようなものが生《は》えていて、指は見えない。足も、靴《くつ》というよりはナイフだった。

そして、人であれば顔に相当する部分も完全にラバーのような体表に覆われ、正中線に沿って、顔、喉《のど》、胸、臍《すね》の部分には、光を放つレンズのようなものが埋まっていて、全身に、青い光が走っていた。

「あれは、何から進化したの……？」

マルグリットは呟《つぶや》くように言ったが、ギースにも見当がつかなかった。あれほど人に近い形質のアラガミは見たことがない。

ギースはリンドウを見た。

「あんたは？　わかるか？」

そうだな、とリンドウは言って、眉を顰《ひそ》めた。

「強《し》いてあげるなら堕天種《だてんしゅ》のコンゴウだが、アレとツクヨミとじゃ、まんま、猿と人間くらい、隔《へだ》たりがある。──ドクター・イクス、あんたは？」

聞いているはずのイクスからは、返事はなかった。

「ドクター！」

マルグリットが大きな声を出す。

「何か情報はないんですか⁉　ツクヨミの偏食場《へんしょくば》パルスの波形《はけい》から進化前のアラガミを推測できるんじゃないんですか⁉」

『──できるならば教えている』

機械の自動応答並みに抑揚《よくよう》のない声で、イクスはそう答えた。

『──あれは、新たなミッシングリンクかもしれん。進化の過程においては、時として隔絶《かくぜつ》が起こるからな』

「どういう意味だよ！」

ギースが訊くと、イクスは笑ったようだった。

『──進化論の講義を受けたいのなら構わないが、今、それを知ってどうするのかね？何であれ、君のなすべきことは同じだろう？』

ギースは、ち、と舌を打った。

リンドウは、と見ると、彼はいつになく険《けわ》しい表情でイクスの言葉を聞いていた。

「――出るぞ、マリー！」

いまはすべてを振り切るように、ギースは吼《ほ》えた。

「は、はい！」

マルグリットは運転席から慌《あわ》てて立ち上がると、整備の終わった神機《じんき》を整備台から解放した。コアユニットが強制休眠から目覚め、中のオラクル細胞が活動を開始する。

それを、ギースはつかんだ。

「く……」

いつもよりも強烈に引っ張られそうになった。タキリ改と進化して、より強力になったのは強度や硬度ばかりではないということだった。

「ギース、これ」

マルグリットは、四つのバレットを差し出した。

「全部の属性のレーザーバレット。できたら試してみて。見てるから。それで弱点がわかったら、すぐにモジュールを組むから」

「わかった」

ギースは神機を銃形態に変形させ、神蝕銃タキツ――タキツ改のシリンダーにバレットを装填《そうてん》すると、グレイヴの側面扉を開け、外へと飛び出した。すぐにグレイヴは後退し、高台のビルの隙間へと車体をもぐりこませた。

ギースは、バレットの射程距離まで体を低くして走った。待ち伏せ、隠れて撃つという考えはなかった。一人では、そんな作戦は意味がなかった。隠れられるということは、視界が開けてはおらず、つまり動きづらいのだ。一撃で仕留められるならいいが、でなければ反撃を喰らって、建物や瓦礫《がれき》の下敷きになるのが関の山だった。

ゆっくりとツクヨミは進んでくる。

その足は地面には着いていない。

どういう仕組みか、アラガミの中には重力を無視して飛行というか、浮遊を行う種類がいる。空飛ぶ卵のようなザイゴートや、巨大な鳥のようなシユウがそうだ。ツクヨミもその形質を獲得しているらしい。

この手の種類は、総じて動きが早い。

浮遊しているのを見てすぐ、追尾力のあるレーザー系バレットを選んで渡してくれたマルグリットを、ギースは素直にすごいと思った。

(行くぜ、一つ目野郎っ!)

ギースは神蝕銃タキツ改を構えると、引き金を引いた。

衝撃と共に、バレット内で生成されたアラガミ細胞の弾《たま》が、まるでレーザーのように発射される。もちろん本物の光ではないので、その軌跡《きせき》はゴッドイーターの目で追えるほどには遅い。

それがツクヨミに届く前にシリンダーを回転させ、ギースは次の弾を発射することを、三度繰り返した。

レーザーは次々と命中し、その体を貫通した。火氷雷神――反応があったのは二つ。雷と神。

(よし!)

ギースは再び走り出しながら、神蝕剣タキリ改へと神機を変形させた。タキリの属性は神だ。

ひとつしかない――或《ある》いは縦に四つに並んだツクヨミの目が、激しく明滅した。

ギースは体を屈《かが》めた。

勘だった。

紫光が、寸前まで頭のあったその場所を過ぎ、背中で爆発が起こった。

「こいつっ!」

懐に飛び込み、ギースは剣を叩きつけるように振った。

(止めた!?)

火花が散り、多くのアラガミの細胞を断ち斬ってきたその一撃は、自在に動いたツクヨミの鋼板《こうばん》のような髪に受け止められていた。

弾かれる。

（しまっ――）

がら空きになった胸元を目掛け、その鋼板のような髪が、鋭いナイフのように薙《な》いでくる！

ギースは、無理を承知で思いきり体を反《そ》った。背骨が悲鳴を上げ、凄《すさ》まじい痛みが脳を焼いた。すっぱりと、胸の皮一枚だけが切り裂かれ、血が吹き出る。

構わず背中から倒れながら、ギースは神蝕甲イチキシ改を展開してその陰に体を無理やりに押し込めた。

ツクヨミの目が輝く。

至近距離から発射された光線がイチキシ改に弾かれて周囲へ飛び、ギースの周りの地面を、土を、溶解させた。

「ざけんなあっ！」

煮え立つ大地に足を踏ん張り、イチキシ改を叩きつけるように立ち上がる。

その瞬間、足がもつれた。手足がわずかに痺《しび》れている。

（毒!?）

間違いなかった。原因で思いつくのは、胸の傷しかない。あの髪には毒がある！

ふらついたギースが顔を上げると、ツクヨミの頭の後ろの金環が輝いた。

するると、ギースの周囲数メートルの大地が紫の輝きを放ち、直後——爆発した！

「！——」

その輝きに、ギースは呑まれ——

☆

ずきり、とした頭の痛みと共に目を覚ましたヴェネは、自分がどこかに拘束《こうそく》されていることに気がついた。

意識がひどくぼんやりとしている。目を瞬き、何とか覚醒《かくせい》しようと試みていると、

「おはよう」

そう、暗がりから笑いを含んだ声が聞こえた。

「……ドクター、か」

「ああ」

天井が明滅し、辺りが突如、昼間のように明るくなった。光が目に突き刺さる。それは実体を持っているかのように痛みを伴っていた。

それが去ると、ヴェネはようやく自分の状態を把握することができた。

やはり、拘束されている。

椅子のような台に体を固定され、頭にはヘルメットのようなものを被せられていた。どうやらここはグレイヴのカーゴのようだとわかった。天井に見慣れたレールがある。

「これは、何の真似だ……？」

「任務だよ」

イクスは、肘掛《ひじかけ》のついた椅子にくつろいだ様子で座っていた。

ヴェネは辺りに視線を巡らせたが、見覚えのあるものは何一つなかった。雑然《ざつぜん》としていて、いくつものモニターが輝きを放っていた。

「これが？　僕たちの任務は禁忌種を狩ることだ。それとこれが何の関係がある」

するとイクスは、ヴェネがこれまで見たことのない、狂気じみた笑みを浮かべた。それはいままでどんなアラガミに対した時よりも、背筋が寒くなる笑みだった。

「残念ながら、そいつは副次的なものに過ぎない」

やけに上機嫌に、イクスはそう言った。

「私たちの――いや。私の任務は、君たちを使って、アラガミ殲滅《せんめつ》部隊アーサソールのための兵士を、強化ゴッドイーター――の基礎研究を確立することだ」

「強化ゴッドイーター、だと……？」

「ああ」

椅子の肘掛に置いた腕に体重をかけ、イクスはうっとりと目を細めた。

「強固な洗脳状態を作り出し、より純粋に戦闘に特化したゴッドイーターを生み出すための実験部隊――それがアーサソールなのだよ」

「なん、だと……！」

「アーサソールがより強い偏食場パルスを持つ禁忌種の討伐を行っていたのは、ギースの肉体とオラクル細胞の結合が、脳神経節にどんな影響を及ぼすのか、そのデータの収集のためだ。ゆえに？」

（！　まさか……）

そこまで聞いて、ヴェネは、ごくりと唾《つば》を飲み込んだ。恐ろしいことに――あってはならないことに気付いてしまった。

「ご名答！」

表情に出てしまったのだろう。イクスは嬉々《きき》として手を叩いた。

「そう。その通り」

これ以上はない邪悪な笑みを、彼は浮かべた。

「ニーベルング・リングに、偏食場パルスを相殺する機能などない！　あれは、ギース・クリムゾンの脳波の変化を、体調を、計測し、私の元へ送っているだけの、それだけの代物《しろもの》だ！」

ヴェネは激しいショックを受けた。

（そんな——そんな馬鹿なことがあってたまるか！　この僕が、ギースを、守ると決めたあいつを、そうとは知らずに戦場に送っていただなんて！）

ヴェネは身を捩《よじ》ったが、いくら暴れても拘束は解けなかった。びくともしなかった。肌が擦《こす》れて皮が破れ、血が溢れて椅子を濡らした。

「安心したまえ。君にも役割がある。最初はマルグリット・クラヴェリ共々、ギースをこちらの意図《いと》の通りに動かすための駒《こま》でしかなかったが、真のアーサソールの礎《いしずえ》になれるのだ」

外すのを諦《あきら》め、ヴェネはイクスを睨《にら》みつけた。もちろん諦めたのは拘束を外すことで、この状況を打開することを諦めたわけではない。

「……どういう意味だ」

「君は、私がどうやって禁忌種を探知《たんち》しているか、知っているかね？」

「偏食場パルスを感知して——」

「その通り」

イクスは、喉の奥で笑った。

「では、どうやってそれを行っているか、わかるかね？」

「パルスというくらいだ。電波を受信しているんだろ？」

「いやいや」

わざとらしくイクスは首を振った。

「偏食場パルスは、電波ではないのだよ。もちろん光でもない。空気の振動でも、地面の揺れでもない。まったく新しい波であり、それは機械では捉《とら》えることはできないのだ」

「機械じゃない……？」

「残念ながらね。君だ」

イクスは何故かヴェネを真っ直ぐに指差した。

「偏食場パルスには交換作用がある。探知にはそれを利用しているのだが――レフィカル君。それが、どういうことかわかるかね？　つまり偏食場パルスを探知するには、するほうも、同じパルスを発している必要があるのだよ」

「それと、僕に何の関係がある」

イクスはゲラゲラと笑った。

「わからないのか？　極微弱な偏食場パルスを発している者が我々の傍にはいるのだ。かつては君もそうだったのではないかね？」

ヴェネは、はたと気付いた。

「まさか――」

「その通り！　禁忌種を探知できるのは、新型神機に適合した人間だけなのだよ！　つまり、君だ！」

☆

マルグリットは、自分でも信じられないほど大きな悲鳴を上げていた。

ギースが死んだ——そう思えた。

それほどの爆発だった。爆心部が真空状態になり、周辺の空気と煙を吸い込んで、笠《かさ》のような爆煙を形成するほどだったのだ。

いくらゴッドイーターといえど、その中で無事でいられるとはとても思えなかった。

地面が融《と》けて、沸騰《ふっとう》している。

あんな中で、どうして生きていられる生物がいるだろうか？　アラガミだけだ、そんな化け物は。

マルグリットは、ハンドルにしがみついた。

体が震えて、止まらない。

ギースの笑顔が、唇を尖らせる子供っぽい顔が浮かんでは消える。

消えてしまう。

消えてしまった。

もう、あれを二度と見られないのかと思った途端、自分が半分なくなった気がした。自分の半身を喰われた気がした。

(そっか……わたし……)

瞬きをすることも忘れ、巨大な爆煙を見つめながら、マルグリットは気付いた。何もこんな時に、と自分の愚《おろ》かさを呪《のろ》うしかなかった。

(好き、だったんだ……)

それを今、はっきりと自覚した。

ギースのことを、仲間としてだけではなく、幼馴染《おさななじみ》としてだけではなく、異性として、一人の男の子として、好きで——恋をしていたのだ、と、無くして初めて。

(ギース……ギース……ギース……!)

壊れた機械のように体が震え出して、止まらなくなった。壊れていく。心が——体が。ぎゅっと、見えない手で胃を握りつぶされたかのように、激しい嘔吐感《おうとかん》が込み上げてきて、その場に膝《ひざ》から崩れそうになる。

「おい!」

リンドウが、抱きとめてくれたようだった。だが、何も感じなかった。感覚がない。彼の腕の力も、ぬくもりも、なにも。

「しっかりしろ! ギースは無事だ! 生きてるぞ!」

言葉に殴られる。

マルグリットは、生まれて初めてそうとしかいえない経験をした。まさに頬を張られた感じだった。感覚が、力が戻ってくる。

「見ろ！」

リンドウの指が空を指す。

マルグリットはその先を見、途端、大粒の涙が溢れて止まらなくなった。本当に悲しい時よりも、嬉しい時の方がずっと涙が出るのだと、初めて知った。

「ギースっ!!」

☆

「くそがあああああああっっっっ!!」

ギースは、神蝕甲イチキシ改の上で叫んだ。

爆発の瞬間、ギースは装甲を展開し、その上に飛び乗ったのだ。イチキシ改は爆風でほぼ垂直に空高く吹き飛び、おかげでギースはほとんど無傷《むきず》だった。

揺られながらも何とかバランスを取りつつ落下していく中、徐々に晴れていく白い爆煙の向こうに、ギースはツクヨミを見つけた。

もはや障害は無くなった、とばかりにツクヨミは移動を開始していた。悠々《ゆうゆう》として、完全にこちらを無視して。

ぶち、とギースは何かが切れるのを感じた。どくん、と心臓が大きくひとつ跳ね、凶暴な怒りが全てを塗りつぶしていくのを感じた。

ギースは吼えた。

人の限界を無視して咆哮した。喉が破れ、血が溢れても、構わなかった。

口の中に鉄の味が広がる。

しっかりと神機をつかみ、風を孕《はら》んだイチキシ改を畳《たた》む。

途端、抵抗が無くなり、ぐん、と速度があがった。

ギースは神蝕剣タキリ改と一体と化した。それはさながら人間弾丸だった。ツクヨミ目掛け、自分がバレットとなって落下する。

ツクヨミが気付いた。両腕のナイフを頭の上で交差させる。

構わず、そこへ激突した。

僅かな抵抗の後——砕け、辺りにはきらきらと輝く光そのもののような破片が散った。

ギースの神蝕剣タキリ改は、ツクヨミの両腕のナイフを砕き、そのまま黒いラバーのようなもので覆われた頭を掠《かす》め、二つのリングを破砕《はさい》した。

そのままギースは地面に激突し、激しく転がった。

爆風で吹き飛ばされた時よりもずっと衝撃は大きかった。肋骨《ろっこつ》の何本かが折れたのがわかったが、痛みは感じなかった。

立ち上がり、ギースはツクヨミの懐《ふところ》に飛び込んでタキリ改を叩き付けた。

オレンジ色の液体の入ったシリンダーの並んだ右足を切断する。

縦に並んだ目が輝き、ギースの背後で融けた地面が爆発する。ギースは光の速度で発射されたそれを避けていた。

血を吐きながらギースは咆哮し、剣先をツクヨミの腹に突き込んだ。

(殺す！　殺す！　殺す！　殺す！)

凶暴な感情が噴出してくる。それが心地よく、とても自然なことに思えた。

ギースはツクヨミの濡れた体に、変わっていく自分の顔を見た。捕喰形態の神機のように、歯をむき出している自分を見た。

途端、殺意が変化した。

(殺――喰――)

食欲に。

それは簡単に殺意を塗りつぶし、全身を支配した。

ざわ、とうなじの辺りの毛が逆立つ。ギースはタキリ改を思い切り押し下げた。ツクヨミが抗しきれず残った膝をつく。

届く場所にツクヨミの喉が降りて来た。

それを目掛け、ギースは歯を剝《む》き出《だ》し、タキリ改を踏み台にして跳躍《ちょうやく》しようとした。

「てめえを喰わせろおおおっっっ!!」

☆

「ギース！　何してるの、ギース！」

マルグリットは必死にニーベルング・リングと通じているはずの無線機のマイクにそう呼びかけたが、まったく反応はなかった。

完全に、様子がおかしかった。あれではまるで——アラガミだ。

「おい。あいつ、暴走してるんじゃねえか？」

リンドウの冷静な声に、マルグリットはぎょっとした。

「——ドクター！」

カーゴとオープンになっているはずのインターフォンに向かい、リンドウは声を上げた。

「どうなってる！　おい！」

だが、全てを見、聞いているはずのイクスからは、何の返答もなかった。

マルグリットは、ぐ、と唇を噛んだ。薄い皮が破れて血が滲むほど強く、そうした。

「……行きます」

「え？」

マルグリットはリンドウを向いた。

「リンドウさんは、ここで待っていてください！　わたし、ギースを助けに行きます！」

「待て！　なら俺が――」

「駄目です！」

リンドウは、迫力に押されたかのように黙った。

「あなたはゴッドイーターなんだから、偏食場パルスの影響を受けて、ミイラ取りがミイラになるかもしれない！　でも、わたしなら影響は受けません！」

「だからって、どうするんだ⁉」

「グレイヴをぶつけてでも、助けます！　いまから、カーゴを切り離します！　リンドウさん！　できたらカーゴからイクスを引きずり出して、策を考えてください！」

「……わかったよ」

何を言っても無駄だとわかってくれたのだろう。

マルグリットは頷き、運転席に座ってしっかりとシートベルトを締めた。ヴェネがいてくれたら、と思いそうになったが、無理やり押し殺した。

「気をつけろよ！」

「はい！」

リンドウが車を降りるのを確認して、マルグリットは分離のためのスイッチを押した。

ガコン、と鈍い振動がシートから伝わってきて、分離完了のサインが灯《とも》る。

マルグリットはしっかりとハンドルを握ると、サイドブレーキを解除し、ギアを入れ、思い切りアクセルを踏み込んだ。

漆黒の六輪装甲車グレイヴは、高台の墓穴のような隠れ場所から飛び出し、バウンドしながら疾走《しっそう》を始めた。

☆

ばくん、とツクヨミの首から上が、突如、消失した。

文字通り、消え失《う》せた。

跳躍しかけていたギースは、目標を失って硬直し、呆然《ぼうぜん》とその光景を見上げた。

喰われた、のだ。

自分以外のモノに。一瞬にして。

「……こい、つ……」

ずう、とそれが下がっていく。

ツクヨミの頭をただの一口で喰いちぎった、巨大な黄金の口が。捕喰形態にそっくりな、巨大な腕が。

「……そいつは……俺の……獲物だ……ぞっ！」

頭を失い、ツクヨミはゆっくりと倒れる。

その後ろに、輝く巨体が現れる。黄金の、サソリのような下半身を持つ、古き神の名を冠《かん》したアラガミが。

「ギィ、ス」

仮面のような口から、名とも、軋《きし》みとも取れる音がした。

「てめ、え……」

ギースは、獲物を横取りされた怒りに、全身を震わせ、そして、吼《ほ》えた。

「——スサノオオオオオオオオオオッ!!」

☆

「君が救出された時、ちょっと脳を弄《いじ》らせてもらった」

なんでもないことのように、イクスは言った。

「スサノオに喰われた君の神機との共振を強化し、偏食場パルスを検出する装置を埋め込ませてもらったよ。つまり、君自身が禁忌種の探知のための装置！」

くくく、とイクスは楽しげに笑った。

「だが、他に面白い効果も確認された。ゴッドイーターは腕輪によって神経信号を伝達し、神機を制御する。それと同じ働きが偏食場パルスにおいても確認されたのだ。仕上げに、君の発している偏食場パルスをブーストさせてもらっているよ。おかげでいま、君の神機と腕輪を喰らったスサノオの偏食場パルスと、君の発している微かな偏食場パルスは、完全に共振している、それは腕輪と神機の制御時における共振に等しい！　見ろ！」

モニターのひとつが灯り、そこに、黄金色に輝くスサノオと対峙《たいじ》するギースの姿が映し出された。

「あれがもう一人の君の姿だ！　君の心だ！　あのスサノオは、君の神機を喰らったことで偏食場パルスの交感作用により、増強された君の無意識の影響を受け、行動を左右されている！　偏食作用の束縛《そくばく》すら凌駕《りょうが》し、ギース・クリムゾンを救いに現れた！　素晴らしい！」

「あれが……僕の……」

「そうだ！　だが、それだけではないぞ？　奴は救うと同時に殺しにも来た。君の深層心理にはギースを憎む気持ちがある」

「！　馬鹿な！」

「気付いていないのかね？　引退させられたゴッドイーターは、例外なく現役を羨《うらや》むものだよ。特に、君のように若くして引退を余儀なくされた者は」

ヴェネは大きな石で頭を一撃されたような気分になった。

決してあけるつもりのなかった箱を、無理やりこじ開けられて、土足で踏みにじられた——そんな気持ちだった。

「ふふ……あとは、ギースがどこまでやるか、だ。しっかりとデータを収集させてもらうよ」

「……あいつは」

「ん？」

「ギースはどうなる……？」

「さあ。私はデータが取れればいいのでね。この戦いでたとえスサノオと相打《あいう》ちになっても——負けても、別に構わない」

「貴様っ……」

「さあ、ギース・クリムゾンの最後の大舞台を私と共に観覧しようじゃないか！」

イクスは心底から嬉しそうに、両腕を広げた。

☆

「てめえ！」

伸ばされてきたスサノオの腕を、ギースはタキリ改の腕で叩き落とした。

ぞくり、とした殺気を感じて後ろに跳《の》び退くと、一瞬前に立っていた場所に、尾の先端の剣先が突き刺さり、倒れていたツクヨミを寸断した。

舞い上がる遺骸《いがい》の中で、尾が僅かに顔をもたげる。二つに分かれた先端の間が輝き、光球が連続で撃ち出された。

「ちいっ！」

ギースは素早く装甲を展開した。

光球が次々と命中して、その圧力で後ろへと否応無《いやおうな》く押し下げられてしまうのを、ギースは歯を食いしばって耐えた。

砲撃の間隙《かんげき》を縫い、イチキシ改を畳み、鋭い尾を掻《か》い潜《くぐ》りながら接近し、タキリ改を下から斬り上げる。

刃が、尾の表面と擦れ合って火花を散らす。

斬れなかった。

違うのは色ばかりではないことに、ギースは気付いた。こいつは——スサノオの形を保ちながら進化した、上位のスサノオだ!

巨大な足が、踏み潰しに来る。

それをかわしながら、ギースは脛《すね》に斬りつけつつ腹の下へと潜った。スサノオにとってここは完全な死角だ。

「うらあっ!」

ギースは渾身《こんしん》の力を込めて神蝕剣タキリ改を突き上げた。

ぎぃん、と鈍い音がして、腕が痺れた。タキリ改の剣先が欠け、同時に、腕の中で嫌な音がして、骨が折れたのがわかった。

「!」

だが、その瞬間、ギースはおかしなものを見た。それは、意識の全てを占めていた食欲を吹き飛ばし、怒りも、殺意も、流し尽くした。

それは、記憶だった。

自分のものではない別の人間の記憶と感情。一瞬にして、同じ人生を体感させられ、ギースは混乱した。心と体がバラバラになってしまったかのように、動けなくなった。

ぼろり、と涙がこぼれた。

その記憶の持ち主を、ギースは知っていた。知っていると思っていた。だが、そうではなかったと、一瞬で、ギースは思い知らされた。

足の間を一直線に尾が伸びてきて、ギースは咄嗟《とっさ》に剣でそれを受けた。大砲の弾に直撃をされたみたいに、ギースは吹き飛び、融けた土が硬く固まった黒い地面に転がった。

(ヴェネ……そんな!)

体を起こし、ギースは血を吐いた。

信じられなかった。信じたくなかった。アレが――あのスサノオが、ヴェネ・レフィカルだなどと!

だが、そうとしか思えなかった。流れ込んできた記憶は、間違いなく彼のものだった。

それが意味することは、ギースにはひとつしか思い浮かばなかった。

喰われたのだ。

アラガミに喰われるということは、融合するということだった。その形質を丸ごと取り込むなら、記憶を取り込んでも不思議ではない。

だが、それよりももっと、ギースはその記憶自体に衝撃を受けていた。

激しい絶望と怒り。そして――嫉妬《しっと》。

それは、そのほとんどは、自分に向けられていたものだった。

どうして。

何故。

ヴェネが自分を見る目には、その思いが癒着《ゆちゃく》してしまったように張り付いていた。

『——なんで僕なんだ。何で僕が神機を失って、ギースが残ったんだ』

『——なんで僕が選ばれた。なぜ僕に見せつける。どうしてなくしたものをみせつける』

『——僕だって戦いたい。守りたい』

『——それなのに、何故』

『——何故——』

『——何故、僕じゃないんだ！　何故、ギースなんだ！——マリー！』

それがヴェネの想《おも》い。

気付けなかったそれが、気付けなかったということが、無自覚に彼を傷つけていたという事実が、ギースから戦意を奪った。

「……ギィス……」

地響きを立てて近づくスサノオが名を呼ぶ。

罰だ、とギースは思った。

知らなかったじゃ済まされない、重い重い罰だ。ヴェネはいつだって、子供の頃からずっと自分たちを守ってくれたのに。

それを——裏切った。

スサノオの形をしたヴェネは、ゆっくりと尾を上げた。それで串刺《くしざ》しにするつもりなのかもしれない。だが、それで構わないと思えた。

「……ごめん……」

呟き、ギースは神機を落とした。唸りを上げて尾が突き出されるのを、見た。

その瞬間——

「ギース！」

マルグリットの声と共に、グレイヴが飛び込んできた。

鋭い尾がグレイヴの装甲を貫いて止まる。

コアが輝き、尾は爆発を起こした。悲鳴が上がり、衝撃でマルグリットがシートごと外へ放り出されるのが見えた。

そのマルグリットを、スサノオが恐ろしい腕でつかんだ。喰らってはいない。ただつかみ、そして踵《きびす》を返《かえ》した。

行ってしまう。スサノオ——ヴェネが、マルグリットを連れて——

「だ——駄目だあっ！」

いやだ。

その気持ちが、力を呼び戻した。

ギースは神機をつかんで立ち上がるとアラガミを解放した。そうして、崩壊しかけていたツクヨミを喰らった。限界を超えて喰らいつくした。

タキリ改の刀身の色が鈍い赤から、黄金色に変化した。これが真のタキリなのだと何故だかわかった。

同時に、自分の中のオラクル細胞が活性化するのも感じた。通常では起こりえない現象だった。アラガミ化しかけているのかもしれない。

だが、不思議と恐怖は無かった。

むしろ恩恵《おんけい》だった。

「ヴェネ！」

ギースは銃形態に神機を変形させながら叫び、走りながら引き金を絞った。

内部でどういう変化が起きたのかはわからない。

だが、真の神蝕銃タキツから発射された弾は、通常では考えられない威力でスサノオを直撃した。

装甲が吹き飛び、唸りを上げてスサノオが振り向く。

その時には、もうギースは追いついていた。

焼《や》け爛《ただ》れた地面を蹴って跳躍する。常人ではありえない高さまで跳びあがり、そのままタキリを振るう。

刃は、まるでクリームを斬るように、黄金のスサノオの腕を斬った。

結合が崩壊し、切断されて落下する。もちろんそれは、マルグリットをつかんでいた方の腕だった。

その捕喰形態のような手の牙をつかみ、地面に激突する前に無理やりに開かせて、マルグリットを救い出すと、離れた場所に着地した。

「ここにいろ、マリー！」

ギースはスサノオの元へと、剣を構えて取って返した。背中に、ギース、とマルグリットの声を聞きながら。

☆

「ドクター・イクス！」

壁を叩く音がした。殴っていると言ってよかった。そして、イクスの名を呼んだのは、リンドウだった。

「くっ……シックザールの犬め」

イクスは銃を取り出し、安全装置を外した。

ぴたり、と殴打《おうだ》が止んだ。

イクスは、ほう、と息をついた。

が——

次の瞬間、カーゴの側面が火花を上げて切り裂かれ始めた。

回転する鮫《さめ》のような刃が、アラガミ装甲をやすやすと破っていく。それは、リンドウのチェーンソーと同じ神機だった。

大きな音を立てて壁が外に向かって倒れ、中に目が眩《くら》むような日の光が差し込む。

「……なにしてんだ、あんた」

陰になって顔は見えなかったが、それはやはりリンドウだった。

「おのれ！　犬め！　きさまらには何ひとつ渡さん！」

イクスは銃の引き金を引いた。

ぱん、と乾いた音がしたのと同時に、ヴェネは、強い衝撃と、自分の胸に焼け付く痛みを感じた。

「え……」

シャツにポツリと開いた穴に、見る間に赤い染《し》みが広がっていく。

「何してんだてめえはっ！」

リンドウの蹴りが、イクスを吹き飛ばした。常人の一撃ではない。ゴッドイーターの放った蹴りだ。無事とは思えなかった。

「おい、しっかりしろ！」

リンドウの手で拘束が解かれていく間にも、染みは広がっていく。

頭の装置が外されると、意識がよりはっきりとしてスサノオとのつながりが大幅に弱まったのがわかった。

「いったい、何があったんだ！」

説明をしている暇はなかった。

ヴェネはいまはもう、自分の傷が致命傷《ちめいしょう》だと気付いていた。だが、まだ決着をつけなければならないことが残っている。

ギースたちをこの世界へ、アラガミとの無間地獄《むけんじごく》のような戦いへと、引き込んだのは自分だ。戦うだけの人形のような体にされつつあるのも、自分の責任だ。

ヴェネは床に散らばった物の中から、圧着式の注射器を数本、取り上げた。

「おい、何を――」

止められる前にそれを――偏食因子を大量に打つ。

「！　やべえ！」

そのヴェネを抱きかかえるようにして、リンドウは外に飛び出した。

直後、カーゴが爆発した。

イクスが自爆したのだ。

ヴェネは、彼が手榴弾《しゅりゅうだん》のピンを抜くのを目の端に捉えていた。ヴェネも、自分も含め、できる限りの証拠を消すつもりだったのだろう。

「何てやつだ！」

怒鳴ったリンドウだったが、ヴェネを庇《かば》ったためにどこかを痛めたのか、苦しげに呻いて体を折った。

ヴェネは胸を押さえると、

「……頼む」

と言い残し、走り出した。待て、という声を振り切り、死が自分を捕まえる前に。

☆

(何だ!?)

ギースには、急にスサノオが弱くなったように感じた。こちらの裏をかいてくるような狡猾さが消え、ただの力押しに、その行動が変わった気がした。

(ヴェネが消えた!?)

そう思えた。

完全に同化してしまったのだろうか？　わからなかった。だが、もうここにはヴェネはいなかった。それだけはわかった。

(それならっ！)

遠慮をする必要は一切ない。

繰り出してきた残った腕の一撃を、その一嚙みを、ギースは真正面から受けた。

もちろん、喰い殺されたりはしない。

タキリを風車のように左右に回転させ、その牙の全てを叩き斬り、さらに、根元へ切先を突きこみ、肉を巻き込むように捻った。

スサノオの腕が手首から折れてぶら下がる。

悲鳴のような咆哮があがった。

頭上から突きこむように、尾の一撃を降らせてくる。だが、温《ぬる》い。ギースはイチキシを展開し、斜めにそれを滑らせた。

尾は地面に深く突き刺さり、その動きを止める。

抜くまでの時間は、瞬き程度。

だが、いまのギースにはそれは永遠に等しかった。装甲を畳みながらギースはタキリを構え――尾のコアへ、その切先を突きこんだ。

ピシ、と音がしてヒビが走る。

次の瞬間、コアは粉々に砕け、細かな破片となって辺りに散った。

群体であるアラガミがコアを失えば、あとは崩壊だけだ。黄金のスサノオは、断末魔《だんまつま》の咆哮をあげた。巨体を支える四肢《しし》の付け根が崩れ、どう、と倒れる。

そして——それきり動かなくなった。

「…………」

やがて、ギースは長いため息をついた。そして、ぐずぐずと崩れていくスサノオをただ見つめた。

あれは、いったいなんだったのだろう。

ヴェネの心を覗いた気がしたが、本当の出来事だったのだろうか？　もしかして、あれはアラガミの精神攻撃だったのではないだろうか？

だが、それにしては余りにリアルだった。まるで自分の体験であったかのように、怒りや、妬《ねた》みが思い出せる。

特に、マルグリットについては。

ギースは、そっと胸を押さえた。

とくん、と鼓動を感じる。ごめん、とギースは思った。ヴェネがマルグリットに寄せる想いを体感した時、ごめん、と。

それに続く自分の気持ちに、ギースは初めて向き合い、もう一度、ごめん、と胸の中でヴェネに向かって呟いた。

(俺もマリーのことが好きだ……)

そう、気付かされた。

と――

「あ……」

灰の山のようになったスサノオの中に、ギースはおかしなものを見つけた。

(まさか……神機!?)

そう見えた。

ギースは掻き分けるようにして近づき、堆積《たいせき》した灰を払った。

かなり傷んではいたが、間違いなくそれは神機だった。しかも新型の。

ひょっとして、とギースは緊張した。

これはひょっとして、ヴェネの神機なのではないだろうか？　だとしたらあのような交感が起きた理由の説明にもなる。

手を伸ばし、柄《つか》をつかんで持ち上げた。

(そうだ……間違いない)

確信した。

この感じ。ずっと前に持たせてもらった時に感じたのと、同じだった。

「――ギース！」

後ろから、ヴェネの声がした。ギースは振り返り、彼が駆けて来るのを見た。

「ヴェネ！　よかった！　無事で——」

「ギース！　そいつを離せ！」

「え——」

その瞬間、ヴェネの神機からアラガミが噴き出した。

それはスサノオを形作っていたオラクル細胞を再び活性化させ、たちまち実体化してギースを呑み込もうとした。

「うわあっ！」

手から神機が離れない！

アラガミは次々と姿を変えては崩れていく。オウガテイル、コクーンメイデン、コンゴウ、シユウ、ヴァジュラ——まるで百鬼夜行のように、現れては消えていく。

ギースはその中に呑まれ、沈んだ。

手には、何の感触も無くなった。

足掻《あが》いても、喘《あえ》いでも、何もつかめなかった。このまま自分もアラガミの進化の一部となり、化け物の列に加わるのだ、とわかってしまい、暗い絶望が押し寄せた。

だが。

その手を、誰かがつかんだ。

「――しっかりしろ！」

強く引かれ、ギースはアラガミの底なしの沼から引きずりだされた。

ヴェネだった。

彼のもう一方の手には、彼のものだった神機がしっかりと握られ、もう一方の手でギースの手をしっかりとつかんでいた。

「ヴェネ！」

「……ギース。こんな世界におまえを引きずり込んで、悪かった」

周りではアラガミたちが渦を巻いていた。

「こいつらは、俺が連れて行く。だからおまえはもう、自由に生きろ」

「な、何言ってるんだよ、ヴェネ！」

ヴェネは微笑むと――ギースを突き飛ばした。なす術《すべ》もなく吹き飛び、ギースは地面に転がって倒れた。何故か急に、体のあちこちが痛んだ。

マルグリットが走ってきて、抱き起こしてくれた。

顔を上げたギースはハッとした。

「ギース！」

そうギースを呼んだヴェネは、笑っていた。嬉しそうに、笑っていた。

「マリーを頼むぞ！」

それが——彼の最期《さいご》の言葉だった。

まるでヴェネが世界の栓《せん》であったかのように、アラガミは彼を中心にして渦を巻き、怒濤《どとう》のごとく、一気に呑み込んだ。

どうすることもできなかった。

そして。

全てが終わった時、そこにもう、ヴェネの姿はなかった……。

☆

「コアを失って結合崩壊したスサノオが、取り込んでいたヴェネの神機をサブのコアとして、再結合しようとしたんだ」

壊れ、残された二つの神機を前に、ギースはぽつりぽつりと呟いた。

後ろで、マルグリットとリンドウが、それを聞いていた。マルグリットの頬には、真新しい涙の跡がくっきりと残っていた。

「だけど、ヴェネが自分で打った偏食因子が偏食場パルスを強くして、それが再結合を拒んだ——ヴェネごと。あのアラガミの渦の中で、俺はヴェネとひとつだった。何が起きたのか、何を見たのか、それを全て知ったよ」

イクスが、自分に、そしてヴェネに何をしたのかも。ギースは立ち上がり、二人を振り返った。

「イクスに撃たれたヴェネは、もう自分が助からないとわかったんだ。だから、最後の力を振り絞って、俺を――俺たちを自由にしてくれた」

唇を噛んだマルグリットの目から、ぽろぽろと大粒の涙がこぼれ落ちた。

「マリー……これ」

ギースは、地面に残っていたヴェネのリングピアスを見せた。

「俺……もっと大人になってマリーを守るよ。ずっと守る――ヴェネの分も」

ありったけの勇気を振り絞って、ギースはそう言った。どんなアラガミに立ち向かうよりも、ずっと勇気がいった。

僅かな沈黙が、何時間にも感じた。

そして、マルグリットは、

「……うん」

と頷き、それから、そっと手を差し出した。ギースはリングのひとつを渡し、二人は互いの指にそれを嵌めた。

二人は、左手を空にかざすようにした。互いの指で黄金色のリングは綺麗《きれい》に輝いた。

「ヴェネは、ずっと、わたしたちを見守ってくれるよね？」

「……うん」

マルグリットの体が寄りかかり、ギースは震える彼女のその細い肩を感じた。

「──これからどうするんだ?」

ギースは、リンドウを振り返った。彼は、短くなって折れた煙草に火をつけ、深々と吸い込んだ煙を吐き出したところだった。

「行くのか?」

「はい」

「フェンリルを捨てて? 本部からも追われる立場になるんだぞ? その子を守れるのか?」

「……やれるだけやってみます」

「そうか」

リンドウはもう一度、紫煙《しえん》を吸い込むと、携帯灰皿で火を消し、さらに短くなった煙草を大事そうにしまった。

「ここから北に少し行ったところに、俺たちのための緊急避難用のシェルターがある。中に食糧と水のほかに、小型だがアラガミ装甲製のバンもある」

驚き、ギースとマルグリットは顔を見合わせた。

「あ、ありがとう!」

「いいって」

軽く手を振り、リンドウは神機を肩に担《かつ》ぐと、背を向けて歩き出した。

「本当に、ありがとう！　元気で！」

「おまえらもな！　死ぬなよ！　生きろ！――ヴェネの分までな！」

「はい！」

もう一度手を振り、リンドウは一度も振り返らず、遠くなっていった。

「……俺たちも行こう」

ギースは、マルグリットの手をしっかりと握った。彼女は、はっきりと頷き、その手を強く握り返してきた。

二人の指で小さなリングは新たな旅立ちを祝福するように、暖かい光を放っていた。

EPILOGUE

# エピローグ

「——報告は以上です」

リンドウは話を終えると、それきり口をつぐんだ。

執務机《しつむ》に肘をついたシックザールは、その表情の読めない顔を見つめ、小さく嘆息した。

「アーサソールは全滅、か……」

リンドウは、そう報告した。

ツクヨミとの戦闘の途中で現れた新種のスサノオの乱入により、ギース・クリムゾンは窮地に陥り、彼を助けようとしてグレイヴで突っ込んだヴェネ・レフィカル、マルグリット・クラヴェリは死亡。ツクヨミはスサノオに倒され、その後、ギース・クリムゾンがスサノオと相打《あいう》ちとなった。

そう、彼は言った。

加えて、イクスの死亡も報告された。彼は、リンドウがカーゴに乗り込むと、その場で自爆したという。

回収班の報告は、リンドウの報告を裏付けていた。イクスが何をしていたかは、今後の分析《ぶんせき》を待つ必要があるが、よほど強力な爆薬を使ったのか、原形をとどめているものはほとんど何もなかった。

そして、その僅かに残された遺物でさえも、早急《さっきゅう》に本部に返還《へんかん》するようにとの命令が既に届いていた。

「わかった。下がっていい」

リンドウは一礼すると、踵《きびす》を返《かえ》して堂々と部屋を出て行った。

扉が閉まると、壁に寄りかかるようにして立っていたペイラー・榊《さかき》が喉《のど》の奥で笑い、シックザールは眉《まゆ》を顰《ひそ》めて彼を見た。

「いや、ごめんごめん」

サカキは、細い目を眼鏡《めがね》の向こうでさらに眇めた。

「彼もなかなか演技派だね。正直、今の話、君はどれだけ信じたのかな？」

「理由はともあれ、アーサソールのメンバーが全員いなくなったのは事実だ。ドクター・イクスも含めてな」

「彼は君の計画について、どこまで把握し、どこまで報告したと思う？」

「まだ何もしていないだろう。そうならばとっくに本部に動きがあるはずだ」

「だろうね」

榊は眼鏡を押さえるようにして、頷いた。

「それにしてもあの男は、あの子達を使って、いったい何をしていたんだろうねえ」

「さあな。私は私の計画を遂行《すいこう》するだけだ」

シックザールは執務机の上で手を組むと、その指越しに榊を見つめた。

「私の計画だけが……真に、人類を救うのだ」

☆

「——命令は三つ」

数日後。

人類最果ての砦《とりで》、アナグラに新しく配属されたゴッドイーターに向かって、リンドウはいつもと同じ台詞《せりふ》を言っていた。

「死ぬな。死にそうになったら逃げろ。そんで、隠れろ」

呆気《あっけ》にとられたような顔が並ぶ。

逃げてばっかりじゃないか、と呟《つぶや》く者がいる。

リンドウは、にやりとした。

「で、運が良ければ不意をついてぶっ殺せ!」

新人たちの顔に、あからさまにがっかりしたような色が浮かんだ。もっと奮《ふる》い立《た》つような言葉をかけてもらえると思っていたのだろう。

だが、それでは、ただでさえ硬くなっている心と体が、余計に硬くなるだけだった。

初陣《ういじん》でのそれは、死を招きよせる。

「よーし、始めるぞ！」

リンドウは、ぱん、と手を叩いた。

「さあ、行け！」

新人たちは、次々と戦場へと飛び出していく。

それを見送り、リンドウはポケットから新しい煙草《たばこ》を取り出すと火をつけた。

ギースたちは、いま、どこにいるのだろうか。

ひょっとしたら既に死んでいるかもしれない。いま、外の世界は人間が生きていくには、あまりに厳しい。

「……生きろよ。生きてさえいれば、万事《ばんじ》、どうにでもなるもんさ」

リンドウは天を仰いだ。

空はどこまでも青く、高く、遠く、彼方《かなた》まで続いている。この同じ空を、あの二人がどこかで見ていることを願いながら、リンドウは静かに紫煙《しえん》を吐いた。

了

# 解説

背負った罪を刃《やいば》に代え、神を喰らい続ける者、ＧＥ《ゴッドイーター》。
だが、その禁忌を破った少年達を待つ未来に、光はあるのか――。

本作『ゴッドイーター　禁忌を破る者』は、プレイステーションポータブル専用ソフト『ＧＯＤ ＥＡＴＥＲ』のストーリーをベースに、ゲーム本編の裏側で起きていた事件を描いたオリジナルの小説です。

ゲーム内では追加ダウンロードコンテンツとして登場した「スサノオ」や「アマテラス」といった《第一種接触禁忌アラガミ》と分類される危険な敵を相手に、彼らを専門に討伐する特殊部隊「アーサソール」の面々が本作の主人公。
この時点ではたった三人の部隊において、唯一の現役新型ＧＥであるギース・クリムゾンの激しい戦いと、仲間たちとの交流が丹念に描かれていきます。

しかし一見戦いを楽しんでいるようにも見えた彼の姿は、禁忌種のオラクル細胞が発する強力な「偏食場」による深刻な精神汚染の危険に晒《さら》されており、それを知りながら研究のために利用されていたという凄惨《せいさん》な現実が突きつけられます。

本作で語られるこうした新型GEの精神感応は、ゲーム本編でもその一部が描かれていますが、この世界の中でも目下《もっか》の研究課題となっているようです。

人類の天敵であるアラガミの脅威に晒されながら、一方でそのオラクル細胞を活用した様々なリソースがこの時代の生活を支えていますが、より強いオラクル細胞の制御能力を持つとされる新型GEの登場は、強力な新型神機による武力面のみならず、精神的アプローチにおいても、人類とアラガミとの関係を新たな段階へと発展させる可能性として、本部においても密《ひそ》かに研究がすすめられているようです。

本部の監理官イクスとシックザール支部長とのやりとりなど、ゲーム内では知ることの出来ないそうした本部―支部間の駆け引きや、ゲームで中心的に描かれた「アーク計画」の裏舞台が垣間《かいま》見える部分なども、本作の見所といえるでしょう。

また、その他のお馴染《なじ》みのアナグラメンバーも一部顔を覗《のぞ》かせているのもゲームプレイヤーには嬉しいところです。特にリンドウは本作の物語にも深く関わってきますので、気になる彼の行動や考え方にも注目してみてください。

「アーサソール」という部隊名に関しても、ゲームでは登場しませんが、バンダイナム

コゲームスの広報誌にて連載中の漫画『GOD EATER-the spiral fate-』に同名

の部隊が登場していることに気づかれた方もいるかもしれません。ゲーム後の時間軸を

描いている漫画版で登場する「アーサソール」は、本部から派遣される冷酷な洗脳部隊

のような存在としてアナグラの面々の前に現れます。

イクスの研究データはカーゴの爆発によって無に帰《き》したはずですが、その後に生み出された彼らを見ると、誰もが疑念を持つでしょう。果たしてその研究の結果は本当に破棄されたのか、否《いな》か。

そして悲劇的な最期《さいご》を遂げたヴェネを残し、人間とアラガミとの関わりにおける「禁忌」を破った、破らされたギースとマリーの二人は、どのような思いで今後を生き抜いていくのでしょうか。

私には、アラガミの行動を司《つかさど》る「偏食」という本能も、人々を突き動かす一つの衝動として、理解できる日が来るのではないかと夢想します。彼らの悲しい恋も、それと何ら変わらないのかもしれないのですから。

執筆いただきましたゆうき先生には、まだ駆け出したばかりの世界観を、魅力的に拡《ひろ》げていただけました。こちらからの数々の無理難題にお付き合いいただきまして、本当に感謝しております。読者の皆様には、ゲーム本編同様、小説の世界でもGEをじっくり楽しんでいただければ幸いです。

株式会社バンダイナムコゲームス『GOD EATER』プロデューサー　富澤祐介《とみざわゆうすけ》

**■ご意見、ご感想をお寄せください。**

ファンレターの宛て先
〒102-8431 東京都千代田区三番町6-1
株式会社エンターブレイン ファミ通文庫編集部
ゆうき りん 先生
曽我部修司 先生

**■ファミ通文庫の最新情報はこちらで。**

FBonline
**http://www.enterbrain.co.jp/fb/**

**■本書の内容・不良交換についてのお問い合わせ。**

エンターブレイン カスタマーサポート **0570-060-555**
(受付時間 土日祝日を除く 12:00〜17:00)
メールアドレス：**support@ml.enterbrain.co.jp**


ファミ通文庫

# ゴッドイーター 禁忌《きんき》を破《やぶ》る者《もの》

二〇一〇年七月一二日 初版発行

著者 ゆうき りん
発行人 浜村弘一
編集人 森 好正
発行所 株式会社エンターブレイン
〒一〇二-八四三一 東京都千代田区三番町六-一
電話 〇五七〇-〇六〇-五五五（代表）
発売元 株式会社角川グループパブリッシング
〒一〇二-八一七七 東京都千代田区富士見二-一三-三
編集 ファミ通文庫編集部
担当 宮地千里
デザイン 伸童舎
写植・製版 株式会社オノ・エーワン
印刷 凸版印刷株式会社

定価はカバーに表示してあります。

G9
1-1
955




ISBN978-4-04-726601-8